Nº 174

BRUXELLES. — FR. GOBBAERTS, IMP. DU ROI.
Rue de la Limite, 21.

V. B.

—

NID D'ALCYON

POÉSIES

Avec son nid flottant alcyon englouti.

L.

PARIS,

A LA LIBRAIRIE DE A. PATAY

18, RUE BONAPARTE, 18

—

1882

LUCIFER — L'ÉTOILE DE VÉNUS.

O toi que Dieu créa le plus beau des Archanges,
Pour que ta pureté guidât le chœur des Anges,
Secret de tant d'amour, rayon mystérieux,
Emblème le plus saint de la grandeur des cieux,
Accord le plus sacré de la lyre infinie,
Qui formais à toi seul toute une mélodie,
Oh! pourquoi, — Lucifer, — avoir, pour tant d'horreur,
Profané ta première et pudique splendeur ?

Vêtu de blanc, assis sur l'essieu d'or du monde,
Tu cadençais les pas de sa marche profonde ;

LUCIFER — L'ÉTOILE DE VÉNUS.

O toi que Dieu créa le plus beau des Archanges,
Pour que ta pureté guidât le chœur des Anges,
Secret de tant d'amour, rayon mystérieux,
Emblème le plus saint de la grandeur des cieux,
Accord le plus sacré de la lyre infinie,
Qui formais à toi seul toute une mélodie,
Oh! pourquoi, — Lucifer, — avoir, pour tant d'horreur,
Profané ta première et pudique splendeur?

Vêtu de blanc, assis sur l'essieu d'or du monde,
Tu cadençais les pas de sa marche profonde;

Dans l'hymne universel des globes et des airs,
Aux concerts infinis tu mêlais tes concerts;
Tes ailes et ta lyre exhalaient un cantique
Dont la création répétait la musique,
Et dans l'hymne sans fin et des nuits et des jours,
On t'écoutait prier, prier, prier toujours!

Comme il fut déchirant le soupir de la chute!
Notre terre est troublée; on s'y heurte, on y lutte.

Lucifer, un baiser... donne! — Jette en mon cœur
Toute ta véhémence et toute ta fureur.
Enivre-moi d'orgueil, de fierté, d'énergie;
Des passions de l'homme en moi fais une orgie;
Que tout contraste en moi, que je brûle à mon feu;
Que tout joug me révolte hormis celui de Dieu!
Ardent comme un damné, je veux que mon cœur souffre,
Comme s'il s'enflammait enveloppé de soufre.
Tourmente-moi sans fin, fais-moi capricieux,
Grave, sombre, fantasque, enjoué, soucieux,

Toi qui m'avais promis le triomphe et m'avais
Fasciné les regards de ce que je rêvais,
Adieu! tu m'as trompé. Si le mal a des charmes,
Mes beaux rêves d'orgueil valaient-ils tant de larmes?
Va donc, tu m'as courbé; va donc, tu m'as souillé;
Au fond d'une prison tu m'as agenouillé.
J'ai battu le présent dans ses sentiers de boue,
Et j'ai vu le présent rejaillir à ma joue.
Lucifer! ô révolte! ô douleurs! L'avenir
Est pour moi sans espoir, je n'ai plus qu'à mourir.
Pour moi la vie était un impudent mensonge,
Un jour sans lendemain, un duel sans but, un songe.
Pourtant, dans mon orgueil, j'apportais au combat
Un cœur que rien ne blesse, un cœur que rien n'abat;
Et cette vie en moi semble déjà glacée.
Adieu mon corps de fer, mon ardente pensée!
L'abîme autour de moi, comme un serpent qui dort;
L'abîme aussi dans moi plus effrayant encor.
Pour me serrer le cœur, toujours des nuits brûlantes!
Toujours pour me ronger de ces larmes ardentes...
Et toujours tressaillir... Et ne sentir en moi
Au lever du soleil que mouvements d'effroi!

Et ne plus éclairer mes visions funèbres
Que du rayonnement de l'Ange des ténèbres !...

J'ai vu fuir de mon cœur les plus doux sentiments.
J'ai vu de mon bonheur crouler les monuments.
Tout est ruine en moi qui, pierre à pierre, tombe ;
L'espérance, — un néant ; — ma mémoire, une tombe
Où tout s'ensevelit, où rien ne peut germer ;
L'agonie est cruelle à qui pouvait aimer.

Replié sur mon cœur, qu'il revêt de son ombre,
Un serpent m'empoisonne et ma pensée est sombre.
Mon esprit s'est séché comme un vide effrayant,
Solitude qu'enferme un éternel tourment.
Demain, roulant peut-être en la fosse où tout tombe,
Par un ricanement je fermerai ma tombe !

Mais non,... car je succombe à des feux inconnus.
Une femme est pour moi l'étoile de Vénus...

Sous ses beaux grands cils noirs que son œil a de charmes !
Mon cœur veut tressaillir, mes yeux n'ont plus de larmes.
O la divine enfant ! Teint doré, bruns cheveux,
C'est bien elle ! O candide azur de ses yeux bleus,
Reflet d'en haut, où vient se dilater mon être,
Est-ce encor pour souffrir que tu me fais renaître ?
Dis-moi quand ton regard a la douceur du soir
L'abaisses-tu sur moi pour tromper mon espoir ?

Je t abandonne, — étoile, influence obstinée,
Lucifer ou Vénus, — ma sombre destinée.

1854

A Melle HENRIETTE C.

Dans l'ombre de mes jours où je vais solitaire,
Inquiet et rêveur, je garde un doux mystère
Que nul œil indiscret n'a jamais soulevé :
C'est votre nom chéri ! Ma bouche le murmure
Dans le soupir d'amour où mon âme s'épure ;
  Il est tout ce que j'ai rêvé.

Joie intime! parfois de ma lèvre muette
Ce doux nom de bonheur, ce secret de poète
Dans les replis brillants d'un sourire envolé,
— Frais comme les parfums des lilas et des roses,
Pur comme les chansons sous la feuillée écloses, —
S'échappe harmonieux en silence exhalé.

Pourquoi me ravis-tu, doux nom? Pourquoi je t'aime,
Hymne qui chante en moi, solennel et suprême?
D'où vient que je respire un si suave accord?
Pourquoi j'éprouve un charme au trouble qui m'agite?
Pourquoi mon sein frémit? Pourquoi mon cœur palpite?
        — Je cède à ce divin transport!

J'aime les blonds cheveux de ta tête charmante;
Ton regard, ce reflet de la pensée aimante;
Je t'aime, belle enfant, pour ta chaste beauté!
Je voudrais, ma Psyché, des lèvres immortelles
Pour effleurer ton front : La pudeur a des ailes
        Où se berce la volupté.

Pardon... mon cœur s'entr'ouvre, et mon espoir se dore.

Au souffle de la brise, au parfum de l'aurore,
Laissez-moi m'inonder de lumière et d'encens.
Mon amour idéal a-t-il rien qui vous blesse!
Avez-vous deviné qu'au fond de son ivresse
Le poète inconnu pleure à travers ses chants?

Mon regard s'est fondu sous ton regard de femme.
La vision céleste est restée en mon âme.
Vers toi mon cœur s'élance! ô souvenir vermeil,
Je veux t'environner de tant de poésie,
Que flottant dans l'extase où mon âme est ravie
J'aime à te couronner de rayons de soleil.

Là, du moins, je repose en mes songes de joie.
Peut-être, au frôlement de ta robe de soie,
Empreint de tes parfums où vibre tant d'amour,
Je ne frémirai plus demain... — Pour vivre
On a besoin d'espoir. L'espoir dont je m'enivre
Pourra-t-il vivre plus d'un jour?

Mon hymne, allez! l'oiseau chante, les fleurs sont belles,
Le ciel sourit, l'azur est semé d'étincelles,

Quand je ferme ma voile à tant d'illusions!...
Au souffle du dédain tristement dispersées,
Vous avez le destin, ô mes douces pensées
      Du nid flottant des alcyons?

                        Jánvier .1848.

D'où vient que je succombe à des feux inconnus?
Vous avez dans les yeux l'étoile de Vénus.
De sa blonde clarté la langueur caressante
Par des charmes secrets verse en mon âme ardente
Un repos salutaire attendu par mes pleurs,
Et son baume magique assoupit mes douleurs.

Laisse, divine enfant, tomber de ton sourire
Ce dictame où s'endort mon amoureux délire.
Calme cette ombre vaine attachée à tes pas
Qu'on appelle un poète et dis-lui : Ne meurs pas!
O jeune fille, alors gaie, ingénue, agile,
Ma langue à ton amour redeviendra docile;

                                2

Alors ma voix cédant à d'harmonieux sons
J'inventerai pour toi de nouvelles chansons.
Veux-tu que sous mes doigts une flûte sonore
Et redise ton nom et le redise encore?
Veux-tu, comme un enfant d'Athènes, qu'à tes piés
Je dépose des chants de la Grèce oubliés?
Que, — butinant pour toi, — mélodieuse abeille,
Mon murmure embaumé bourdonne à ton oreille,
Et sur un mode antique, ô mes chastes amours,
Je dise que je t'aime et t'aimerai toujours?

Mais tu dois être heureuse, enfant! Puisse ta vie
Être un flot de bonheur que toute lèvre envie.
Quelques beaux jeunes gens, empressés de te voir,
Sans doute ont enchaîné leur âme à ton pouvoir;
Et dans un bal brillant, de fleurs enveloppée,
A compter tes sujets tu dois être occupée?...

Puissent, réalisant des rêves, des désirs,
Tes beaux jours s'écouler de fêtes en plaisirs.
A tes yeux, — mon supplice, — enchaîne la victoire;
Savoure, jeune fille, une aussi douce gloire;

Quand on est aussi belle, hélas! ne doit-on pas
Compter une défaite à chacun de ses pas?

Je l'ai vue!... — Elle allait à l'église des Carmes.
Mon cœur a tressailli; mes yeux n'ont plus de larmes.
O la divine enfant! Teint doré, blonds cheveux ;
C'est bien elle. O candeur! Azur de ses yeux bleus
Où vient se dilater son âme en harmonies!
C'est l'Alma Regina des saintes Litanies.

Sous son voile baissé son regard l'est aussi.
Je me dis tout pensif : Je l'ai rêvée ainsi.

Puis, faisant un détour pour arriver plus vite,
Je courus présenter à ses doigts l'eau bénite.
Elle ne me vit point. — Mais comme un vent plus frais,
Cet instant de bonheur a ranimé mes traits.
Un frisson de plaisir a couru sur mes veines,
Mes heures d'espérance en seront plus sereines.

Ainsi lorsque l'aurore, au matin d'un beau jour,
Au sein penché des lys dépose avec amour
Son trésor de parfums, ses larmes de rosée,
La brise, caressant leur tige balancée
Par un rayon, pénètre au calice des fleurs
Et joue avec l'encens de la rosée en pleurs.

Pour embrasser ma mère, — au tomber de la nuit,
Je suis rentré ce soir, vivement mais sans bruit.
La pauvre vieille femme, hélas! que j'ai laissée,
Était pliée en deux, par l'angoisse affaissée.
Son feu brulait à peine, attisé de sa main.
Pressentant mon approche à l'aboi de mon chien,
On eût dit que son cœur surpris allait se fondre.
Je lui criai : Ma mère! Elle ne put répondre;
Mais, voyant mon teint pâle et mon regard plus doux,
Elle fit tendrement : Mon enfant, qu'avez-vous?
— « Mon âme s'est changée. Elle n'est plus la même!
« Vous l'avez deviné... vous l'avez compris... J'aime!

« *Dès que je fus bien loin, dès que je me vis seul,*

« *Je me sentis glacé comme sous un linceul.*

« *J'interrogeai mon âme, et recueillis mon être.*

« *Je pleurai... Mais pleurer ! c'est aimer, c'est renaître !*

« *Le soupir, Dieu l'envoie, il redore toujours*

« *L'espoir quand il nous fuit décolorant nos jours.*

« *Mère, plus de tristesse au fond de vos prières.*

« *Séchez ce qu'il en reste au bord de vos paupières ;*

« *Venez, ranimez-vous à ma vie, à mon cœur,*

« *J'aime ! j'aime ! ô ma mère, et voilà du bonheur !* »

Février 1848.

Pourquoi marcher encor, lorsque déjà tant d'autres

Se sont faits criminels pour ne plus être apôtres ?

Pourquoi pieusement et jamais abattu

Pour des ans de malheur échanger sa vertu ;

Profaner ses beaux jours, sacrifier sa vie,

Ou populairement suer son agonie ;

Péniblement traîner, comme la croix du Christ,

Ses longs jours de labeur et de peine en proscrit ;

De la corruption éviter la tempête,

Pour se précipiter, pour dévouer sa tête

Au souffle dévorant des révolutions;

Dans l'orage toujours s'engloutir alcyons;

Et, — quand las de souffrir, le peuple dans la rue

Se jette, — au fer qui tranche, à la balle qui tue

S'offrir, en s'écriant : — Frères, je vais mourir! —

Car l'on n'est plus rebelle, à moins d'être martyr.

1840

On me dit, profanant ma tendresse naïve,

Un mot qui blesse comme une note plaintive,

Que j'ai tort d'écouter mon pauvre cœur souffrant

Et d'égaler mes pas aux pas de cet enfant.

Sans doute, — si, plongé dans le vide de l'âme,

Je m'enivrais du souffle exaltant d'une femme,

Si mon cœur, sans effroi d'un désert enflammé,

Se mourait sous l'étreinte, aimant sans être aimé, —

On me dirait : C'est bien! Je comprendrais la vie,

M'endormant sur son onde amoureuse et ravie;

Mais je ferais peser sur mon déclin des jours
Le souvenir perdu de mes jeunes amours,
Et l'automne penchant, tristes et consternées,
Les veilleuses, ces fleurs des dernières années,
Sur mon front pâlissant qui chercherait encor
Quelque tremblant rayon d'un terne soleil d'or,
Je n'aurais plus, jeune homme et roué, que la joie
De jouir du néant dont je serais la proie!
Non. — Pourquoi demander à mon cœur éperdu
D'éloigner ou de fuir ce bonheur qui m'est dû?
Ai-je si bien vécu déjà? Lutteur fidèle,
Mendiant éploré mais fier comme un rebelle,
Harmonieusement j'ai de l'humanité
Épousé l'infortune, aimé la liberté.
Jeune, est-ce que déjà le plaisir me fatigue?
Pour repousser la vie, est-elle si prodigue
De ses dons envers moi, que je brise en ma main
Un pauvre cœur de femme éclos sur mon chemin?
Non, ne détruisons pas les douces jouissances
Que promet l'avenir tout voilé d'espérances.
On ressemble, — à l'amour si le cœur est ouvert, —
A l'Arabe en prière au milieu du désert;

La prière du cœur, c'est la halte infinie
Où l'homme peut dormir dans la paix de la vie,
Et ces repos de Dieu dans leur sérénité
Sont la force de l'homme et de l'humanité.
Un jour peut-être, après avoir fait ma prière,
Près d'avoir égréné dans leur fleur printanière
Le riant chapelet de mes illusions ;
Comme l'Arabe aussi cherchant des horizons...

. . . .

1843

A UN AMI.

Un amour s'éleva ; de lui-même il s'éteint.
Pourquoi, mon Dieu, pourquoi ce qu'on a de plus saint
S'en va-t-il de la sorte et fait verser des larmes?
C'est que les pleurs de l'âme ont souvent tant de charmes !
Les blessures du cœur ont leur suavité,
Et l'œil plein de tristesse est si plein de beauté !

Qu'est-ce donc que le Vrai? C'est la Beauté suprême;
Qu'est-ce donc que le Bien, sinon la Beauté même?
Et lorsque la Beauté se glisse dans nos yeux,
Le Bien dans notre cœur se lève radieux.
— Tu le sais, mon ami. Permets que je t'envie
Ce doux rayon du ciel descendu sur ta vie,
Et pleurant en silence, en mon cœur résigné,
Je dise à ton bonheur que le mien a saigné.

1845

Je ne crois plus en moi. Je ne me sens plus vivre.
Le monde, autour de moi, comme un rêve d'homme ivre,
Se remue et s'arrache un semblant de bonheur.
Comme un des plus hardis j'y cours, — et c'est un songe!
Et je n'ai pas le temps, à travers ce mensonge,
    De laisser palpiter mon cœur.

Vous dont le jour paisible a de chaudes haleines,
Dont la vie est réelle et les heures sont pleines

3

De musique, d'enfants, de soupirs et d'amours,
Gardez bien votre calme et votre poésie!
Vivre en se dévorant, vivre avec frénésie,
C'est vivre sans parfums, sans fleurs et sans beaux jours.

Souvent, au flanc des monts, le chêne ou le mélèze,
Que le choc de la foudre a brisé, frémit d'aise
Si son pied mutilé peut protéger encor
Du torrent qui bondit ou du granit qui roule
Quelque faible arbrisseau que tout choc brise ou foule,
Et son frémissement est un divin accord.

Oh! dans mes heures si funestes,
Mêle à ma coupe un peu de miel;
Prête-moi des aîles célestes
Et fais-moi souvenir du Ciel.

Rappelle-moi comment on pleure,
Bercé sur les rayons du jour;

Comment on s'abreuve à toute heure
De foi, d'espérance et d'amour.

Rappelle-moi son regard d'ange,
Les pleurs de la chute et l'adieu!...
Mon cœur encor peut, sans mélange,
L'aimer devant vous, ô mon Dieu!

MON AME.

Comme un insecte ailé qui rampe encore à terre,
Brise un jour de soleil sa prison solitaire,
Mon âme a pris, Seigneur, l'essor mystérieux
Qu'un ange de son aile a guidé vers les cieux ;
Oui, mon âme a pleuré sa céleste patrie
Le jour où, sans pitié, le monde l'a flétrie,
Jour où le monde impur a ridé de sa main
L'azur du flot du soir, espoir du lendemain ;
Alors j'ai de mon cœur élevé la prière ;
Une larme, Seigneur, a baigné ma paupière ;

Et, comme après la nuit, l'aurore et le réveil,
Après le jour d'orage, est venu le soleil.
Oh! pour désaltérer mon aride pensée,
Vous avez fait pleuvoir la divine rosée;
Dans un de vos regards versés sur mon séjour,
Ma lèvre a respiré la vie avec l'amour;
Pauvre fleur, vous m'avez relevé sur ma tige!
Gloire à vous, ô mon Dieu! Gloire à votre prodige!

Oh! quand dans mes soupirs je sentais palpiter
Mon cœur, je me taisais comme pour l'écouter.
Oh! lorsque, plein d'amour et de divine extase,
Je le sentais, ce cœur, déborder comme un vase,
Je cherchais... je cherchais un plus vaste horizon,
Moins étroit que mes sens, je pleurais ma prison!
Je semblais reconnaître une divine essence
A mon âme, en voulant respirer l'innocence;
J'enviais cet air pur que nous verse l'oubli
Des choses dont mon cœur avait gardé le pli;
Je pleurais; — j'espérais, — j'essayais de sourire,
Et j'oubliais ainsi le mal qui me déchire;
J'y voyais d'autres cieux, plus beaux, plus purs encor,

J'y voyais ma patrie, et j'y prenais essor !
Mon âme ! en aspirant cette vie éternelle,
Vous en avez en moi gardé quelque étincelle ;
Vous vous êtes sevrée, au céleste séjour,
Du regard trois fois saint de ce foyer d'amour ;
Vous avez conservé cette immortelle empreinte,
Ineffaçable sceau de la sublime étreinte,
Autre vie, autre amour, rayon mystérieux
Par qui l'homme ici-bas se croit encore aux cieux.

1840.

LA CLOCHE.

Souvent je crois entendre à travers la distance
D'un timbre jusqu'à moi parvenir la cadence ;
Mon passé par ces sons est soudain rappelé,
Et la cloche natale à mon cœur a parlé.
Je pleure en écoutant cette haleine inconnue,
Soupir, musique intime en mon âme entendue,
Cet accent oublié des harpes du saint lieu,
Qui remonte à l'aurore et vers le soir à Dieu ;

C'est la vivante voix de la sainte demeure,
Qui de peine ou de joie avec nous chante ou pleure.
A cet écho lointain, à ce frémissement,
— Accord consolateur d'un céleste instrument,
Bruit de paix et d'amour qui parle de prière, —
Des pleurs silencieux humectent ma paupière,
Mon passé de bonheur, doux fantôme, apparaît,
Et chaque son qui passe emporte mon regret.

Aujourd'hui, calme et pur, airain pieux du temple,
Je viens pour t'écouter et pour prier ensemble;
Je viens te demander une dernière fois
D'emporter sur ton aile et mon âme et ma voix.
Pleure ou chante, il me faut toute la sympathie
Que me versa toujours ta seule voix amie;
Accompagne mon hymne et confie à ces bords
Et mes derniers soupirs et mes derniers transports.

Près de toi... — tu le sais, mais garde mon mystère, —
Est caché mon trésor, mon ange de la terre;
Sur la montagne, au soir, quand la brise viendra,
Tu lui diras mon nom qu'elle lui redira.

Car c'est entre nous deux une route, où, bercée
Sur les flots de l'éther, s'envole la pensée.
J'aimais le sol natal. Là, pour Elle, toujours
J'aurais aimé ta vie enlacée à ses jours.
Elle qui m'a donné toute ma poésie,
J'aurais voulu l'aimer plus qu'on aime la vie ;
J'épèle encor son nom, souvenir gracieux
Qui parfume mon cœur à l'heure des adieux.
Là-bas, tout me semblait respirer sa présence ;
La montagne et les bois étaient d'intelligence ;
Là, tout me parlait d'elle, et dans ses reflets d'or,
Le soleil de l'hiver me la montrait encor :
Quand ses rayons au flanc des neiges ruisselaient,
Les lettres de son nom en jets étincelaient.
La brise en ses accords, l'étoile au firmament,
Du ruisseau qui blanchit le murmure écumant,
Tout me balbutiait son nom, et son image
M'apparaissait en tout comme un brillant mirage :
Alors je n'étais pas seul ! je n'étais pas las !
Mon âme débordait ! Je ne maudissais pas.

Oh ! comme je t'aimais, comme je t'aime encore,

Comme mon cœur saignant que le regret dévore
Voudrait dans le passé remonter et revoir
Ces jours où mon bonheur n'existait qu'en espoir!
Hélas! rien n'est resté de ces heures si douces
Où j'allais m'égarant rêver sur les pelouses!
Printemps de leurs lilas trop tôt découronnés!
Rêves d'une âme aimante aussitôt morts que nés!
Promenades sur l'eau, courses dans les bruyères,
Illusions d'amour dans leurs splendeurs premières,
Tous ces beaux rayons d'or d'un amour idéal
Pour moi ne luiront plus avec le ciel natal!
Mais, de tant de regrets, seule, toi, je te pleure!
Pour aimer dans l'absence, il vaut mieux que l'on meure!
Car toujours il advient qu'on est vite oublié
De la vierge aux yeux bleus pour qui l'on a prié.

Les souvenirs lointains agitent ma pensée
Et troublent le sommeil de ma couche glacée;
Mais nul n'est plus ardent, nul n'est plus doux pour moi
Que celui qui toujours me rappelle vers toi.
Le jour où j'ai quitté ma montagne et ma mère

Ne me revient qu'avec une pensée amère ;

Ce jour où j'ai tant mis d'espace entre nous deux,

A vu mon premier pas d'un chemin hasardeux.

C'est fini. Mais avant de clore la paupière,

Si je tourne un instant mes regards en arrière,

A travers le malheur parvenu jusqu'au bout,

Ton image riante est seule à l'autre bout !

1839

A M. A. DE LAMARTINE.

CHUTE D'UN ANGE.

L'aurore avait déjà réveillé l'horizon,

De son premier regard caressé le gazon

Comme un amant caresse une amoureuse joue ;

La dentelle des bois où le soleil se joue

Frémissait murmurante et d'hymnes et d'amour ;

Sur les pleurs du matin que son aile secoue

L'oiseau voyait briser les rayons d'or du jour.

Puis naissait un murmure, un chant, un hymne encore ;

Au sein des fleurs les voix semblaient éclore ;

4

C'était un long concert à mes pieds répandu,
Souffle mélodieux qui par trésors s'exhale :
Les âmes de ces voix, s'élevant en spirale,
Semblaient un chœur divin dans les airs suspendu.

. . . .

« *Chantez aussi l'aurore, à l'aurore immortelles !*
« *Sur la rose et le lys bercez vos frais soupirs,*
　　« *Brises ! laissez flotter vos douces ailes*
« *Sur la rosée en pleurs ; revenez toutes belles*
« *De parfums dérobés, et riches de saphirs.*
« *Venez voir sommeiller la beauté que j'adore ;*
　　　« *Murmurez au bord du ruisseau ;*
« *Mêlez votre parfum au baiser de l'aurore ;*
« *Balancez-le sur elle ; enivrez son berceau.*
« *Venez ! sur son beau front, faites pencher les roses*
　　　« *Sous votre haleine écloses ;*
« *Faites-lui respirer leur vie et leur beauté :*
« *Mais... oh ! n'éveillez pas son rêve et son sourire,*
　　« *Car au réveil tout mon bonheur expire...*
« *— Il n'est plus ! Pour adieu, dans un dernier délire,*

« *Des brises s'éteignant prends les ailes d'or, lyre,*

« *Et pleure avec le soir cette immortalité.* »

Et mon cœur étreignait un nom, toute ma vie,
Que mon cœur plein d'amour épèle et balbutie,
Souvenir toujours doux, soupir digne de pleurs,
     Qui sur ma vie a semé tant de fleurs;
Hélas! sous mon sourire à peine épanouie,
Beauté comme un mensonge, un rêve, évanouie;
Rayon de mon bonheur que le ciel sur mes jours
Un instant oublia... printemps de mes amours :
Lorsque je crois encor vous dire : Je vous aime!
Ne fermez pas le livre où je l'écris moi-même;
Ce mot qui me poursuit, comme l'ombre mes pas,
Pauline, de vos doigts ne le déchirez pas.
Laissez-moi! laissez-moi répéter à cette heure,
Comme un souffle que Dieu me donne à respirer,
Ce mensonge doré de mon amour qui pleure...
Vous me l'avez appris vous-même à murmurer.

     Sur la montagne où nous courrions ensemble,
Lorsque je savourais l'ivresse d'un regard,

Dans ce cœur, ô martyre, où votre image tremble,
Laissez-moi vous prêter ce que l'amour assemble :
Le front de Daidha, les beaux yeux de Cédar.
De grâces et d'amour, harmonieux mélange,
Je crois entre mes bras vous serrer comme l'Ange
Emportant son amie à l'ombre des forêts,
Jaloux d'être le seul témoin de ses attraits.
Ils me parlent de vous, de ma joie enfantine,
Ces mots que je relis, ces feuillets où mon cœur
Semble se rattacher au cœur de Lamartine,
   Disent ma joie et mon bonheur.
Que de larmes alors coulent de ma blessure !
En écoutant leur bruit, assoupissant murmure,
Mon âme, sous le charme, et se lave et s'épure
   Du poison de la volupté.
Comme un enfant de l'air enflant ses ailes d'aise,
Disperse sur son vol l'encens pur du mélèze
   Où son doux nid s'est abrité.

Écrit dans les Montagnes des Vosges.

M. DE LAMARTINE A RÉPONDU

Monsieur,

Je vous remercie à la hâte de vos beaux vers. Et ce n'est pas une épithète de politesse. Je suis bien fier d'y retrouver un souvenir de mes deux pauvres sauvages, si mal accueillis dans le monde civilisé. Mais la poésie harmonieuse et colorée où vous les encadrez les rend plus agréables même à leur père. Continuez, Monsieur, à vous essayer dans une langue que vous aimez tant et où vos premiers accents ont été une éloquente consolation au cœur d'un poète. Je vous demande pardon pour cette page déchirée, maculée, indéchiffrable, mais je vous écris dans une maison de campagne où je ne trouve que cette feuille de papier et une plume qui résiste à tout ce que je voudrais vous dire de mon plaisir et de ma reconnaissance après vous avoir lu. Agréez du moins l'assurance de mes sentiments et de mes vœux.

LAMARTINE.

Milly, 27 juin.

A M. VICTOR HUGO.

CHANSON.

Prends sur ton vol la jeune poésie ;
D'un libre essor chante-lui le réveil ;
C'est l'Orient, poète, l'ambroisie,
La liberté, c'est un autre soleil.

Le monde usé se fait vieux et sa tombe
Va s'entr'ouvrir sur le premier écueil ;
Vois ! il chavire... Oh ! sers-lui de colombe ;
Vers l'arc-en-ciel tourne sa voix en deuil

Sous un ciel pur luira son jour de fête :
L'astre sacré se lève lentement.
L'humanité t'aimerait, ô poète,
Si tu chantais à son enfantement.

Pour ton pays prends le luth de Pindare
Ou de David aux peuples consacré ;
Des nations aucune n'est barbare :
Tu sais comment la Pologne a pleuré.

Oh! que ta voix, éclatante harmonie,
Serve le peuple à défaut de ton bras.
Des oppresseurs va troubler l'insomnie,
Car, tu le sais, les rois ne dorment pas.

Viens avec nous, nous serons ta couronne.
Leurs flots pourraient t'engloutir, alcyon.
Le peuple seul a des larmes qu'il donne.
Le peuple seul promet le Panthéon !

1840

M. VICTOR HUGO A RÉPONDU :

*Par un fâcheux hasard qu'il serait fort long et fort
inutile de vous expliquer, Monsieur, vos beaux vers et
votre lettre du 16 mars tombent aujourd'hui seulement
sous mes yeux. Jugez de mon regret. Il n'est même
plus temps de vous remercier, car j'espère que vous
n'êtes plus au triste logis d'où vous datiez votre belle
chanson.*

Cependant, à tout hasard, je vous écris. Quelle que

soit la différence de nos opinions politiques, nous avons une religion commune : la poésie. Permettez-moi donc de vous encourager et de vous applaudir du fond du cœur.

Recevez, Monsieur, l'assurance de mes sentiments distingués.

VICTOR HUGO.

30 juin.

A EUGÈNE DE PRADEL.

Cygne étranger à ce rivage,
Salut ! enfant chéri des cieux,
Murmure un soupir sur la plage,
Lent soupir qui mouille les yeux.
Oiseau sacré, toute ta vie
Est une longue mélodie
Douce comme l'encens des fleurs.
Tu chantes en voyant l'aurore
Et le soir tu chantes encore,
Ivre d'harmonie et de pleurs.

Égaie un instant cette rive;
De quelques accords de ta voix
Et tendre, et joyeuse, et plaintive,
Parfume ces vallons, ces bois.
Sur nos bords où ton vol s'allume,
Dépose une légère plume
De ton beau duvet argenté;
Chantre sublime, en ton délire
Exhale un hymne de ta lyre,
Un rayon d'immortalité.

A M. DE LAMENNAIS.

HYMNE.

Console-moi de l'exil de la terre :
Sur ton luth d'or exalte mes douleurs ;
La froide nuit m'enveloppe, ô mon père !
Mes longs cheveux sont humides de pleurs.
Mon âme blanche et que rien n'a flétrie,
Comme toi cherche un jour mystérieux :

5

Fais-moi rêver la céleste patrie.
— Ange exilé, remontons vers les cieux.

La terre est triste et gémit sous son voile ;
Mais l'avenir marche à pas triomphants.
Vois-tu là haut, sur le front d'une étoile,
L'humanité libre dans nos enfants ?
Le monde, hélas ! vieux de trois esclavages,
Renaît enfin et le Peuple est joyeux !
La main de Dieu va rompre enfin les âges !
— Ange exilé, remontons vers les cieux.

Quoi ! beau vieillard, Dieu garde son mystère,
Et le méchant toujours règne ici-bas.
Le mal grandit. Malheur au prolétaire !
Le pauvre a faim ; Dieu ne lui sourit pas.
Ma lèvre aspire à des brises nouvelles ;
D'un jour plus pur pour réjouir leurs yeux,
Emporte-moi, mon père, sur tes ailes.
— Ange exilé, remontons vers les cieux.

RÉPONSE.

Une indisposition m'a empéché, Monsieur, de vous remercier plus tôt des vers que vous m'avez envoyés. Vous encouragez mes efforts, vous me montrez le but, vous me pressez de l'atteindre, d'en approcher, du moins : mais je suis si faible ! Travaillons tous de concert à préparer ce que nous désirons tous. L'avenir que l'humanité pressent et appelle viendra sans doute ; vivons dans cette foi, et qu'elle nous console des misères et des hontes du présent.

Recevez, Monsieur, l'assurance de mon affectueux dévouement.

F. LAMENNAIS.

A M. DE CHATEAUBRIAND.

Ai-je bien tout perdu ? Quels gracieux objets
En doux épanchements appellent mes regrets ?

Jeune fleur arrachée à l'aride montagne,
Quel riant souvenir m'attire ou m'accompagne?
Quel coup de la fortune, aux funestes défis,
Pour les maux maternels émeut mon cœur de fils?
Quelle brise d'espoir ma poitrine respire
Et me fait soupirer au bonheur où j'aspire?
Enfant! puis-je rêver la gloire et les beaux jours?
Mon âme de poète a-t-elle ses amours?
Des révolutions la sauvage harmonie
Alluma-t-elle en moi son funèbre génie?
Sur le front d'une étoile, en traversant les airs,
Ai-je mêlé ma lyre aux célestes concerts?
Aux pompes de ce monde ai-je, infernal mélange,
Profané le plaisir sous les pieds de l'archange?...

Oui, ma coupe de vie a versé tout cela!
Vingt hivers ont usé toutes ces choses-là,
Pauvre enfant! Et ma bouche a parlé de la sorte!
A peine de ce monde ai-je entr'ouvert la porte,
Que je dois, pour garder quelque doux souvenir,
Oublier le présent et voiler l'avenir.
Le monde, usé pour moi, ride trop tôt les têtes

Par son prestige vain, son spectacle, ses fêtes ;
Depuis longtemps, hélas ! ma bouche a rejeté
L'eau pure où notre cœur puise l'éternité !
Mais, pour te ranimer, simplicité première,
A l'ange des amours je fais une prière !
Si Dieu, dans sa bonté, réserve pour demain,
Du travail à mon frère, à ma mère du pain,
Je n'ai pas de regrets. La Gloire, météore
Éphémère, est un mot, comme un ballon, sonore.
J'ai vécu mes beaux jours, et mon cœur agité
A titillé souvent couronné de gaîté.
C'est fini. Sans regret, comme sans espérance,
La pierre du sépulcre est fermée. En silence
Elle m'a recouvert. Je ne me souviens plus
Que de rochers lointains, que de déserts perdus,
Et j'aime, croyant voir mon feuillage en arcades,
Soupirer mes forêts et pleurer mes cascades.

Mais, cœur de montagnard, où m'emporte l'amour
Pour cet inculte sol où je reçus le jour,
Je n'ai plus mes ravins gros de bruit et pleins d'onde,
Dont l'écume mouillait ma course vagabonde ;

Mon hymne est inconnu de celle que j'aimais ;
Hélas ! peut-être aussi ne verrai-je jamais
L'oiseau qui d'un coup d'aile, en mesurant des lieues,
Fend le ciel pur qui peint l'azur de nos eaux bleues.
Tout s'est évanoui. Comme un sapin cassé
Garde encor sa fierté quand l'orage a passé,
Au bord du précipice il pend, et sa ruine
Rend encore effrayant le torrent qu'il domine ;
Un murmure est sa plainte et les vents furieux
Passent dans ses débris en sons harmonieux.

A ceux qui sont vaincus, à ceux qui sont morts, Gloire !
A ceux qui sont tombés sans linceul, sans victoire,
A ceux qui, sur la brèche, à ceux qui, jusqu'au bout,
Ont poursuivi l'élan de leur vieux sang qui bout,
Et qui, pouvant choisir, pour finir ces batailles,
Ou l'exil ou la mort, — ont pris les funérailles !
Oh ! de ces morts pieux que les trépas sont beaux !
Leurs tombeaux sont sacrés entre tous les tombeaux !
Oh ! comme ils ont bien fait de mourir si fidèles,
Si grands, si dévoués dans ces luttes cruelles !
Et quand, pauvre captif, je rêve à nos combats,

Parfois je sens mon cœur envier leur trépas,
Et désirer comme eux une tombe inconnue
Que creuserait la balle au milieu de la rue !

. . . .

Les Révolutions ne peuvent s'arrêter ;
Elles rasent la tête à qui veut résister.
Nul obstacle n'est fort. Entre deux peuples même,
Malheur à qui succombe en son effort suprême.
Quand la guerre civile allume son flambeau,
Lorsque le sol commun ouvre un même tombeau,
Le vainqueur, étreignant le vaincu dans sa force,
Du sol l'arrache comme un rameau de l'écorce,
L'absorbe, l'engloutit et le transforme en lui.
L'humanité renaît de ce qu'elle détruit.
Au seuil du siècle on vit la Vendée héroïque
Se débattre et lutter contre la République ;
Elle fut absorbée en ses convulsions
Presque sans bruit, aux yeux des grandes nations.
Exemples d'héroïsme, ô dévouements sans bornes,
Qui put vous signaler à l'Europe aux yeux mornes,
Quand la mère-patrie, au nom de l'avenir,
D'un revers de sa main vint vous anéantir ?

C'est bien : la voix du peuple est la voix de Dieu même
C'est bien : l'avenir seul récolte ce qu'on sème.
Quand une nation est condamnée à mort,
Dans l'humanité-mère elle revit encor;
La sève n'est jamais perdue; et quand les races
S'éteignent, on retrouve ailleurs toujours leurs traces;
Les individus seuls disparaissent, n'ayant
Qu'une histoire d'un jour arrachée au néant.

M. DE CHATEAUBRIAND A RÉPONDU.

Si les inspirations généreuses, Monsieur, font les beaux vers, les vôtres sont fort beaux. Vous vous attendrissez sur le courage malheureux, à quelque opinion qu'il appartienne; vous méprisez le succès, et vous avez raison : le succès n'est que l'accident de la fortune. Je voudrais, Monsieur, pouvoir vous être utile sous votre ciel de pierre; mais si je suis libre sous mon ciel de nuage, je ne suis guère plus riche que vous, par la raison que j'ai prêté des serments que je m'obstine à tenir. Au reste, nous marchons à une révolution sociale qui nous engloutira tous : comme chrétien, ma résigna tion est de ce monde, mon espérance de l'autre.

CHATEAUBRIAND.

Paris, 19 septembre 1840.

LES ÉTOILES.

Vois-tu, sur le bandeau suprême,
Jaillir ces milliers de beautés,
Et de l'éternel diadème
Briller les céleste clartés?
Regarde : leur fraîche lumière
S'élève comme une prière
Au vol sublime, harmonieux,
Encens où notre âme s'élance,
Pour s'enchaîner à la cadence
Infinie aux plaines des cieux.

Les régards flottants des étoiles
Enivrent la terre d'amour.

De l'ombre déchirant les voiles,
Ils pénètrent notre séjour.
Vois! oublieuses de leurs routes,
Soudain vers toi se penchant toutes,
Elles n'ont plus suivi leurs chœurs;
Et leur âme, toute harmonie,
Semble nous répondre, ravie,
Quand nos chansons sèment des fleurs.

Jadis, pour échos de ma lyre,
J'entendais la lyre des bois;
Aujourd'hui, d'un autre délire
Mon cœur écoute aussi la voix.
Les sons où ma douleur s'épanche
Emportent sur leur aile blanche
Mon secret d'amour et le tien.
Dans ta tristesse je m'écoute,
Et de ta plainte chaque goutte
Tombe et résonne dans mon sein.

Oh! viens! que notre âme s'élance
Aux sentiers brillants et dorés

Où notre étoile d'espérance
Calme nos fronts décolorés :
Là haut, une image étincelle ;
L'infini nous la rend plus belle,
Plus belle qu'un rayon du jour.
Viens, nous n'avons qu'une pensée
Aux flots du même azur bercée.
Endormons-nous dans notre amour.

ADIEU A LA MONTAGNE.

Jeunes beautés, enfants de ces montagnes,
Riez, chantez, dansez, amusez-vous ;
Et jouissez, au sein de vos campagnes,
De ces plaisirs innocents et si doux !

Heureuses, vous pouvez sourire
Au tendre objet de vos amours ;
D'un œil de langueur lui redire :
C'est toi que j'aimerai toujours !
Jeunes beautés, enfants de ces montagnes, etc.

Dix-huit printemps dans la prairie,
Mon cœur épancha sa gaîté :
Errer aux champs de sa patrie
Est la plus douce liberté!
Jeunes beautés, enfants de ces montagnes, etc.

Aimez toujours, ô jeunes filles ;
Riez du matin jusqu'au soir ;
Moi, bientôt, quittant vos charmilles,
Vous m'entendrez dire : Au revoir !

Jeunes beautés, enfants de ces montagnes,
Riez, chantez, dansez, amusez-vous ;
Et jouissez, au sein de vos campagnes,
De ces plaisirs innocents et si doux !

CHANSON.

Gai montagnard, de mes pipeaux champêtres
J'avais à peine essayé quelques sons ;

J'ai tout quitté : ma montagne et mes maîtres,
Pour voir Paris qu'invoquaient mes chansons.
Pour tout trésor j'emportais l'espérance,
Tant je rêvais un grenier pour séjour!
A dix-neuf ans qu'importe l'indigence?
Enivrons-nous et de gloire et d'amour.

Vive la joie! une maîtresse folle,
Fraîche et jolie, à mon cœur vint s'offrir :
J'avais besoin de sa nouvelle école;
J'ai profité des leçons du plaisir.
Libre avec elle, et joyeux sous ma chaîne
Je brave tout et la Ville et la Cour :
Dans un baiser je sens mourir ma haine!
Enivrons-nous et de gloire et d'amour.

L'aï pétille... O ma belle maîtresse...
Autour de nous quel trouble et quel frisson...
— « Viens sur mon cœur illustrer ton ivresse :
Qui loin de moi t'inspire un plus doux son? »
— N'entends-tu pas quatre voix en démence?
— « Le coq s'éveille aux premiers feux du jour! »

— *Non, l'étranger menace encor la France!*
Enivrons-nous et de gloire et d'amour.

— « *Ingrat, dit Lise en pleurant sur ma lyre!*
Fuir loin de moi, myrte, rose et gaîté!
Mon doux baiser endormait ta satire;
Mon cœur a mis aux fers ta liberté;
Mais sur ma coupe, où ta lyre est captive,
Et sur ma bouche endormi tour à tour,
J'orne de fleurs ta vie, ô gai convive!
Enivrons-nous et de gloire et d'amour. »

Non, non, je pars; adieu! sois-moi fidèle!
— « *Le vin l'emporte!* » — *O trépas glorieux!*
— « *Quel doux transport l'assoupit! il chancelle,*
De volupté tombe, et ferme les yeux.
Meurs sur le sein de ta beauté chérie!
Si ton pays t'appelle, ô troubadour,
Vide ma coupe, et rêve à ta patrie!
Enivrons nous et de gloire et d'amour. »

O Révolutions, devant qui l'homme tremble
Lorsqu'il n'en aperçoit qu'un imposant ensemble,
Quand je vous analyse et vous regarde au fond,
Comme je vous déteste et je cache mon front!
Misérables détails où tant d'orgueil cumule,
Où l'incapacité s'unit au ridicule,
Après vous avoir vus, sentis, touchés, palpés,
Mes bras sont, dans vos nœuds sanglants, enveloppés.

1842

A Mme L. A.

Satan sur mon front crayonna
Ces trois mots dont la lueur vaine
Me noircit et glissa
Sur mon âme incertaine.

J'en ai maigri. Ce triste éclat
Dont ma prunelle est encor pleine

L'autre soir m'accabla
Comme une larme humaine.

De l'or, j'en veux, et j'en aurai ;
La Gloire, je l'achèterai ;
L'amour... — Ah ! taisez-vous, Madame.

Il semble fuir un cœur souffrant.
Vers l'abîme où je vais penchant,
Qui peut courir après mon âme ?

1844

Il est trois tours que le tems a noircies,
Comme trois géants noirs, comme trois noirs génies,
Où du peuple toujours les malheurs sont enfouis :
Où pour cacher en eux leurs crimes inouïs,
Pour sceller dans leur flanc chaque sanglant mystère
On leur cloua le dos et les pieds dans la terre.
Que la joie ou la gène ait habité ces murs
L'écho redit toujours des souvenirs impurs

De peines, de tourments, de douleurs, de souillures,
De princes, de geôliers, de sang et d'impostures.
Non, rien n'est plus hideux! Ces trois tours que voilà,
Soit palais, soit prison, le crime a passé là!
Et ne voyez-vous pas que leur front qui se cache
Sous un large éteignoir, comme le front d'un lâche,
Semble, rapetissé sous leur noir parasol,
De jour en jour vouloir s'enfoncer dans le sol?

L'or s'est fait la vertu; l'on est grand, l'on est fort
Aujourd'hui, si l'on peut le ravir sans effort;
L'or, ainsi qu'un aimant, nous attire en sa fange;
Nous paye un scélérat, nous prostitue un ange.
C'est l'arme des méchants! — Fléau qui détruis tout,
Nos pères n'ont rien fait, ils t'ont laissé debout!
Sous le nom de salaire, asservissant notre âge,
Tu prolonges du peuple à jamais l'esclavage;
Le Dix-neuvième siècle est un siècle de fer
En t'idéalisant, chef-d'œuvre de l'enfer!...

7

A LA NATURE

De mon cachot levant le couvercle de plomb,
Un vent de mélodie a passé sur mon front.

Comme tout te respire, ô divine harmonie ;
Vase où s'enivre tout, les papillons, les fleurs ;
Ame où prennent essor la lyre et le génie ;
Doux trésor de parfums où s'enivrent deux cœurs.
C'est à tes flots vivants que puisent leurs murmures
Ces harpes d'or, ces voix si belles et si pures,
Où s'épanchent les mots d'amour mystérieux,
Et qui, pour allumer le vol de leurs pensées,
Attendent au matin que les pures rosées
Chantent avec l'aurore un hymne dans les cieux.

Rafraîchis ma pensée, ô secret ineffable ;
Murmure dans mon cœur tes plus brillants accords ;
Jaillissez de mon sein en source intarissable,
Hymnes autour de moi flottants, divins transports !
Brises, rayons, parfums, accompagnez ma lyre,

Qu'elle soit éclatante ou sombre, en son délire ;
Que mon âme aujourd'hui, rayon déchu des cieux,
Que mon âme sonore, au chant doux et sublime,
Lentement d'un amour chaste et pur se ranime
Comme un cygne prélude à l'heure des adieux.

Sous mes pleurs,
Vois ces fleurs,
Ces roses d'espérance ;
Sur elles, en silence,
Mon cœur veille et s'endort ;
Doux trésor.
Je garde pour ma mère
Ce trésor, ce mystère
D'amour et de beauté.
Cache-le, Liberté !
Liberté !

A mes yeux,
Dans les cieux,

Ma mère est désolée :
Ma mère est exilée!
Son regard brille pur
  Dans l'azur.
Et lorsque se révèle
Sa lueur immortelle,
Mon cœur est transporté
Souris-moi... Liberté!
  Liberté!

Bien souvent,
  En rêvant,
Un rayon d'innocence
Dans mon cœur se balance;
Je ne puis retenir
  Mon soupir.
Mais je tremble... A ma couche,
On veille. Sur ma bouche,
Le mot est écouté.
J'ai des fers, Liberté!
  Liberté!

Mon amour,

— Au séjour

Qu'on me donne sur terre, —

Trahit ton nom, ma mère!

Méchants, ce nom pour vous

Est trop doux!

Prenez votre victime

Lorsque ce nom sublime,

Aux échos répété,

S'échappe! — Liberté!

Liberté!

1840

Quand, du rocher sauvage où pend son nid sublime

L'aigle majestueux abandonnant la cîme,

Se déploie au-dessus de l'océan vermeil,

D'un vigoureux coup d'aile il aspire au soleil.

Là, se gonflant d'orgueil, dans la plaine infinie

Où son vol se suspend, s'enivrant d'harmonie,

Il retrempe ses yeux au foyer éternel,
S'inonde de rayons, pousse un cri solennel.
Des ardeurs du midi sa paupière embrasée
En lui fait éclater une joie oppressée ;
A ce cri, — qui révèle un plaisir à sonder
Les regards du soleil qui viennent l'inonder, —
Son aile ne bat plus, il s'extasie et reste
Fixé comme un point noir au firmament céleste.
On croirait, à le voir sur ce velouté bleu,
Qu'une main a noirci un clou d'or dans le feu ;
On dirait une tache à l'azur d'un long voile ;
Un météore éteint dans sa course ; une étoile
Éclipsée, arrêtée en tombant sur nos fronts,
Tant l'aigle est immobile et baigné de rayons.

ANATHÈME.

Il est des époques fatales
Où le Peuple fait de sa main,
Sur toutes les têtes royales,

Tomber son glaive souverain.
Où, dans sa vengeance et sa haine,
Il écrit d'une main obscène,
En lettres de sang et de feu,
Sur tout ce que son pied écrase :
— « La Justice du Peuple passe !
« Le Peuple, juste, quoiqu'il fasse,
« Est infaillible comme Dieu ! »

Il est de ces heures maudites
Où notre âme est un océan ;
Où la pensée est sans limites ;
Où le nain devient un géant ;
Où tout le chaud de la pensée
Monte à notre tête insensée ;
Où, corps de fer, cœur de démon,
L'homme, dans sa fièvre brûlante,
Trouvant l'éternité trop lente,
Avance le siècle en son nom !

Il est de ces heures funestes
Où le mal triomphe, où le bien,

En perdant ses formes célestes,

Tombe du cœur du citoyen;

Où toute candeur vierge est morte;

Où l'on se croit une âme forte

Lorsque le sang vient l'altérer;

Où la vertu devient un crime;

Où le crime devient sublime;

Où le dévouement fait pleurer.

1841

Eh! qu'importe si la bave

Viendra vous souiller le front.

Le peuple insensé qu'on brave,

Pour le bien rend un affront.

Votre famille est proscrite;

De votre mère maudite,

Comme on lapide le sein!

Mais, sans se voiler la face,

Elle peut dire, ô ma race,

J'ai porté, rendez-m'en grâce,
Un homme libre en mon sein!

Il faut qu'on chante, il faut qu'on prie, il faut qu'on pleure,
Poète, mais jamais ne demander qu'on meure;
Jamais ne déchirer quand on est chaud encor,
Au livre de la vie un jour d'azur ou d'or.
Quelque chose de grand, vaste comme notre âme,
Brûlant comme un soupir, comme un baiser de femme,
Nous fait aimer encor, nous fait encor pleurer,
Car pleurer c'est aimer, aimer c'est espérer!
Poète, il faut savoir, à son heure suprême,
S'attacher par la vie à tout ce que l'on aime;
En bénissant le ciel, demander à souffrir
Et ne jamais avoir la force de mourir!

1841

NÉANT.

Je fus rebelle et suis victime.
Mon sein frémit sous la douleur.
Je ferme les yeux sur l'abîme :
Je chante, alors ! Entends mon hymne,
Cri de désespoir qui m'anime,
Seul parfum qui reste en mon cœur.

Sous mes pieds gronde encor l'orage.
Qu'importe s'il m'ensevelit.
La tourmente est vaine en sa rage.
Aveugle, chantons le naufrage.
Néant, entends mon cri sauvage :
Malheur ! le malheur m'engloutit !

Où t'en vas-tu donc de la sorte,
Monde de débris et de deuil?
Tu vas t'abîmer !... Eh! qu'importe!
Le néant va t'ouvrir sa porte ;

La colère de Dieu t'emporte,
Pour te briser contre l'écueil.

Satan, quel désastre dans l'ombre!
Si tu vis, sers-nous de fanal...
Ha! le Globe écartelé sombre!...
Sur ces longs râlements sans nombre,
Qu'un éclair sanglant, fauve et sombre
Tombe de ton œil infernal.

Ils frémissent, quand ils se voient,
Ces ossements par légions;
En ronde enchaînés ils tournoient!
Leurs dents claquent, leurs yeux flamboient.
Comme ils se heurtent et se broient...
O Josaphat des nations!

Monde, ton agonie est belle!
Il te manque un embrasement :
Voici le choc et l'étincelle!
Adieu! la mort est immortelle!
Moi, je ne crois à rien qu'en elle
Et l'éternité du néant!

1841

J'ai vu, j'ai vu Paris, la ville des merveilles ;
J'ai vu dans son travail cette ruche d'abeilles ;
J'ai senti que son miel, hélas! dont j'ai goûté,
Mêle au parfum des fleurs un goût d'impureté.
Hélas! je sens encor sur mes lèvres maudites
Le miel que m'ont donné ses frélons parasites.
Oh! que je hais Paris, car Paris, tel qu'il est,
La misère le ronge et la faim le rend laid.

Le ciel est beau ce soir, mais la nuit va venir.
Demain n'est pas à nous ; Demain c'est l'avenir.
L'orage n'est-il pas la colère divine?
La mer n'est-elle pas le peuple qu'on domine?
Comme Léviathan, les Révolutions
Font soulever la mer, la mer des nations.
Et vous le savez bien, qu'un matelot habile
Ne doit parler qu'en maître à la vague indocile ;

Sinon, *le flot n'entend ni menace, ni cri,*
Mer ou peuple, il n'a pas de grâce, il engloutit.

Il est de ces muses pieuses
Dont la lèvre jamais ne s'humecte de fiel ;
Dont les douleurs mystérieuses
Ont des larmes harmonieuses :
L'extase de leur mal les ravit dans le ciel.

Il est de ces muses sacrées
Sous les pieds des méchants traînant leurs chastes vers ;
Qui, dans les plaines éthérées,
Ont des visions inspirées :
Comme si le soleil aime à dorer des fers.

Loin de moi ces chanteurs sublimes
Qui se parent de fleurs pour lécher, dans leurs maux,
Ceux dont l'âme suinte de crimes !...
Versez pour vengeance, ô mes hymnes,
Quelques larmes de fer sur le cœur des bourreaux.

Quoi! mourir couronné de rose?

N'opposer, ô doux cygne, en face du trépas,

A la main qui frappe, autre chose

Qu'une hymne parfumée et rose?...

Le pardon des méchants?... — Dieu ne pardonne pas !

Si jamais de vos noms funèbres

Vous troublez le sommeil de ma tombe, malheur,

Malheur à vous, gredins célèbres!

Que je tressaille en mes ténèbres,

Et que toujours ma lyre ait un accord vengeur!

Quand un peuple menace en sa colère sourde,

Le ciel a des signaux et l'atmosphère est lourde,

Et la nue, embrasée aux approches du soir,

Illumine d'éclairs, couvre d'un linceul noir

La terre, dont le flanc, comme la nuit profonde,

Couve un drame sanglant où va lutter le monde!

De rougeâtres vapeurs montent à l'horizon,

Reflet anticipé des longs feux du canon ;
Les mers sont dans l'attente et la terre tressaille,
Prête à creuser ses flancs au choc de la bataille ;
Et la terre et le ciel, par d'effrayantes voix,
Prennent part au combat des peuples et des rois.

1840.

O Bastille qu'on déteste,
Sous qui périra Paris ;
Dans l'avenir, Nom funeste,
Tu planes sur des débris.
Paris, en moins d'une aurore,
Sous le boulet qui dévore,
Comme par un tremblement
S'écroulera dans la Seine ;
Un tyranneau, dans sa haine,
Détruira ce qui le gêne
Et dormira seulement.

1840.

MALÉDICTION.

Pourquoi te remuer, pourquoi ne plus dormir?
Sur ton ombre toujours la feuille aime à frémir;
L'océan caresse et regarde ta tombe;
Chaque jour, s'inclinant devant ta gloire en deuil,
Éclatant Empereur, derrière ton cercueil,
      Le soleil tombe.

C'est reposer sur le volcan,
Que dormir aux bords de la Seine.
Sais-tu pour toi combien de haine
Le peuple recèle en son flanc?
Quand sa liberté te renie,
Il s'écrierait, plein d'ironie,
Que Paris, pour un tel Génie,
Pour la cendre d'un tel géant,
Est une tombe trop vulgaire. —
Et puis, le vent de la colère,
Soufflant la haine populaire,
Te jetterait à l'Océan!

L'Océan! l'Océan peut seul, dans ses tempêtes,
Par ses flots irrités, parodier tes fêtes ;
Tes combats acharnés, tes morts dans leurs sillons.
N'entends-tu pas ce bruit des cuirassiers qui passent?
C'est entre la nuée et le flot que s'écrasent
   Tes bataillons.

  Oh! mêlez vos cris à la rage
  De ce milieu froissé de l'air.
  Aigle, bercez-vous dans l'orage ;
  Que votre œil combatte l'éclair.
  Mais n'attirez pas le tonnerre,
  Car la nue, ouvrant son cratère,
  Briserait votre tête altière,
  En sèmerait le flot amer ;
  Vous avez trop, dans la prunelle,
  De feu ; votre tête rebelle
  A trop d'orgueil. — Tombez! Votre aile
  A l'immensité de la mer.

La foudre vient d'en haut : prenez garde, — aigle ou Sire, —
Qu'en un jour d'ouragan elle ne vous déchire.

         9

Dans sa colère, Dieu voulut vous envoyer :
Mais vous saviez sur vous sa foudre toujours prête,
— Empereur par l'émeute, aigle par la tempête, —
A vous broyer.

Garde tes combats dans la nue
Et ta brume sur ton rocher.
D'ici le peuple qui se rue
Ne pourrait-il pas t'arracher ?
Oh ! prends garde qu'il ne remue.
Le peuple est un démolisseur ;
L'éclat d'un tombeau lui fait peur ;
Et, quand il redoute en son cœur,
Son souffle détruit, sa main tue.
Ne vas donc pas ressusciter !
L'Océan peut te remporter
Et le Peuple te rejeter
En redescendant dans la rue.

Le jaloux souverain ! Son marteau briserait
Ton orgueilleux tombeau ; son niveau raserait
Ton funèbre trophée, insulte faite au monde ;

Et sa main, fécondant tout ce qu'elle a détruit,
Sèmerait à son tour. Car toujours, dans sa nuit,
               Le peuple fonde.

                                        Mars 1840.

De grands évènements encore dans l'attente,
Les peuples ont dressé à tout ce vent leur tente.
Une voix dans les airs doit venir leur parler.
Le monde est en travail; on sent le sol trembler;
Un sinistre faux jour enveloppe les choses;
Les routes du présent et du passé sont faussés;
Le mirage s'étend devant notre chemin:
Mais Dieu nous sauvera! Notre bouche altérée
Trouvera son Moïse et sa source sacrée
          Pour abreuver le genre humain.

A BÉRANGER.

LES PRÉSAGES.

Nous n'avons plus de chants d'amour, de fêtes.
L'ombre s'attaché à nos fronts soucieux.

... de faire que vous plaindre, Monsieur,
et vous remercier d'avoir pensé
à moi dans vos malheurs.

Vos vers sont écrits de façon
à en prouver que vous en avez
dû faire souvent; puissiez-vous
y trouver quelque consolation,
consolation que j'aurai plus,
bien que le poète m'en fasse
encore un besoin; car je
m'aperçois tous les jours; mais
à ... jour, je ne ris plus.

... le ... ... pour vous
... aussi moi.

Croyez, Monsieur, que je
regrette de ne pouvoir vous

offrir les consolations que vous
méritez sans doute. Pour rester
sûr au moins des vœux que je
fais pour votre libération.

Agréez les témoignages de ma
gratitude pour les couplets que
vous m'avez envoyés et trop
aussi vous les faits pour
l'espoir de vos souffrances.

J'ai l'honneur d'être, Monsieur,
votre dévoué serviteur

Béranger

22 août 1829.

Monsieur Victor Bouton
à Ste Pélagie.

Paris

Pas un chant pour nos étendards !
Malheur aux enfants de la France!

Juillet 1855.

M. DE BÉRANGER A RÉPONDU :

Monsieur, pardonnez-moi de ne vous avoir pas remercié plus tôt des très bons couplets que vous avez bien voulu m'adresser.

Vous le savez peut-être et ne vous offenserez pas de mon aveu; je vis loin de la littérature depuis plus de vingt ans, et votre nom ne m'est pas connu; vainement ai-je recouru à quelques vieux amis; aucun ne sut me mettre au courant de vos œuvres; j'aurais voulu pouvoir vous offrir des consolations pour les malheurs que vous éprouvez, et faute de connaître les hommes du temps actuel, je ne puis que vous plaindre, Monsieur, et vous remercier d'avoir pensé à moi dans vos malheurs.

Vos vers sont tournés de façon à me prouver que vous en avez dû faire souvent : puissiez-vous y trouver

une consolation que je n'ai plus, bien que la fortune
m'en fasse encore un besoin ; car je m'apauvris tous les
jours ; mais à soixante-quinze ans je ne rime plus.

Puisse la Muse ne pas vous traiter aussi mal!
Croyez, Monsieur, que je regrette de ne pouvoir vous
offrir les consolations que vous méritez sans doute.
Vous êtes sûr au moins des vœux que je fais pour votre
libération.

Agréez les témoignages de ma gratitude pour les
couplets que vous m'avez envoyés et croyez aux vœux
que je fais pour la fin de vos souffrances.

J'ai l'honneur d'être, Monsieur, votre dévoué serviteur.

BÉRANGER.

22 août 1855.

Cette lettre trahit un certain embarras. Béranger me
connaissait parfaitement : J'avais eu l'honneur de causer
avec lui pendant deux heures, la veille de l'enterrement
de Jacques Lafitte dont il m'avait raconté la vie que
j'ai publiée ce jour-là. — Quant « aux hommes du

temps actuel » il les connaissait assez aussi, s'il ne les
approuvait pas. Que Dieu nous pardonne à tous.

LA TRADITION.

Les temps s'écoulent : leurs rivages
Gardent l'empreinte de nos flots.
Remontons ensemble les âges ;
Interrogeons tous les échos :
Une inépuisable harmonie
S'élève de leur sein ; la vie
Manifeste son énergie
Comme un hymne perpétuel ;
Partout des voix vives, sereines,
Savourant leurs propres haleines,
Voix de volupté toutes pleines,
Retentissement éternel.

Mais le concert le plus étrange,
C'est le cri de l'homme déchu,
De l'homme sur qui Dieu se venge ;

Orgueil menaçant du vaincu :
Voix de colère, voix suprêmes,
Voix d'angoisses, voix de blasphèmes,
Long épanchement d'anathèmes,
Larmes et reproches sans fin,
Clameurs qui vous ont distinguées,
Générations fatiguées,
Et que vous nous avez léguées,
— Tradition du genre humain.

Qui donc, symbolisant notre ère,
Armera sa lyre d'airain
Pour tenter de notre misère
Le mode infernal et divin.
Dieu nous a poussés dans la voie ;
Il est juste qu'il nous envoie,
Pour chanter le mal qui nous ploie,
Un poète au souffle puissant ;
Pour une époque aussi souffrante,
C'est Job, c'est Eschyle, c'est Dante
Ou Shakespeare que l'on attend.

1844.

LA TRAGÉDIE.

En t'épanchant du sein de la pensée humaine,
Tragédie, ô grande âme, ô forme souveraine,
Vêtement où, de plus en plus développés,
Les peuples en passant se sont enveloppés,
Laissant l'un après l'autre, insondable mystère,
L'empreinte lamentable où leur longue misère,
En labourant la vie en pénibles sillons,
Laissa leur faible trace et leurs pulsations;
Ame où, lorsque la mort le touche de son aile,
Chaque siècle vieilli, dans sa marche rebelle,
Palpite encore, et puis, comme un grand révolté,
Roule dans le manteau de son éternité;
Tragédie, ô grande âme, ô vêtement, ô forme!
Avant que notre siècle à son tour ne s'endorme,
Que, dans la volupté du néant abîmé,
Sa foi se soit éteinte et tout soit consommé, —
Pamphlétaire hardi, quel maître de la scène
Viendra saisir le siècle et sa misère obscène,

Exposer, sans pudeur, au regard effrayé

Sa honteuse opulence et son faste ennuyé ;

Et, traînant avec lui son cortège de haines,

Ses longs ricanements, ses pleurs, ses cris, ses chaînes,

Aux générations, s'écrier, plein d'effroi :

« Le siècle, le voilà ! C'est bien lui ! Peuple ou Roi ! »

1844.

A UN COMÉDIEN.

Nous ne reverrons plus la Muse de Racine,

La Muse aux doux accords, dont la flûte divine,

Indolente et parée, enivrait tendrement

Des sons de sa douleur soupirés mollement.

Pleurez ! elle a perdu son prestige. Avec peine

On nous ramènerait la Muse Ionienne

Dont la main de Racine accompagnait les pas.

Délicate et timide, elle est enfuie, hélas !

Qui nous recueillera, dans sa grâce adorée,

Une note plaintive, une note sacrée,

Sur sa lèvre qu'on voit si doucement frémir,

Sur sa lèvre pâlie un touchant souvenir?

Hélas! elle a vécu, la Muse de Racine,

La Muse aux vers dorés dont la fureur divine,

Docte, chaste, toujours à l'alcyon des mers,

Pour chanter ses douleurs, emprunte des concerts.

Elle semble toujours, au bras d'une déesse,

S'appuyer pour gémir, pour conter sa tristesse;

Quoique humides de pleurs, ses yeux doux et sereins

Flattent sous l'âpreté des sentiments humains.

Frémissante et lascive, en ses ruses féconde,

Dénouant sa ceinture, amante vagabonde,

Sa main, d'où le poignard s'échappe avec langueur,

Cherche à paraître encor plus belle en sa douleur.

Pleurez, elle n'est plus! Pleurez la Muse antique!

J'ai vu, de son cothurne éloigné du portique,

Une trace légère, hélas! et cette fois,

Comme un écho lointain du timbre de sa voix.

De sa fraîche beauté l'éclat que tu ranimes

Nous a rendu l'espoir d'émotions sublimes.

Je te salue alors, comédien sacré,

Par Eschyle et Sophocle aux Muses consacré;

10

Salut! Toi qui nous rends la Muse de Racine;
Viens, toi qui visitas Mytilène et Messine,
Qui modulas des vers inspirés sous leur ciel,
Viens, viens, toi que l'hymette a nourri de son miel,
Abeille dramatique; en cueillant, sous l'ombrage
De l'harmonieux Mont l'harmonieux langage,
Pour nous enivrer tous, tu rappelles les sons
De la Grèce savante et fertile en chansons.

Tu veux la ramener des bords dont elle est reine,
La Muse! Son manteau flotte sur notre scène.
Sa grandeur, ses transports, sa force, sa fierté
Revivent beaux encor de l'antique beauté.
Tes sons semblent ravis, tant leur cadence est pure,
Aux flots Ioniens, bercés comme un murmure.
Le commerce pieux de la tradition
Te fait donner à l'Art, dans l'évolution
Qu'il opère aujourd'hui, cette énergie interne
De vieux maîtres, unis à la vigueur moderne
Résumée en toi comme en un type complet.
Dans tes créations tu brilles du reflet
Que jettent, fauve éclat, en se choquant entre elles,

Les générations dans leurs sombres querelles.

Délicate et timide, elle est enfuie, hélas!
La Muse; toi seul ose accompagner ses pas.
Pleurez! elle a vécu la Muse de Racine!
Mais je vois un berceau sur sa tombe divine!....

1844

A BOCAGE.

Lors qu'un artiste voit à ses lèvres émues
Les âmes par milliers demeurer suspendues;
Lors que de cet élu de l'Art, souffle de Dieu,
L'âme, comme un parfum, se répand en tout lieu;
Que, se précipitant sous sa parole immense,
Pour souffrir comme lui le monde fait silence,
L'artiste doit, montant vers le terme infini,
Plus haut, plus haut toujours nous attirer à lui.

Que d'artistes, tu sais, que d'artistes austères
Ont perdu le secret et le sens des mystères,

Et sous un sceau fatal courbant leurs fronts divins,

Laissé le livre d'or s'échapper de leurs mains !

Ils se sont égarés de la voie éternelle.

Reposant dans la Mort, qu'ils ont crue immortelle,

Ils semblent, endormis en tenant leur flambleau,

Des moines accoudés sur le bord d'un tombeau,

Croyant du sanctuaire encor garder la porte :

Ils sont pétrifiés ! C'est une lettre morte

Que leur lèvre remue. Ils étaient des élus,

Mais la foule aujourd'hui ne les regarde plus ;

Et comme des muets, gardiens de solitudes,

Pour immobiliser leurs mornes attitudes,

Ces prêtes du néant, que l'Art a réprouvés,

Semblent s'être de siècle en siècle relevés,

Sentinelles auprès de leur sépulcre vide !

Qui donc, glaçant en eux la vie, orgueil stupide,

Les a cloués ainsi dans leur stérile effort?

— Par leurs embrassements, la Matière et la Mort !

1845

A FRÉDÉRICK LEMAITRE.

APRÈS UNE REPRÉSENTATION D'ORESTE A LA GAITÉ.

Ecoute, Frédérick, comme tout prolétaire,
J'ai le droit de critique en payant mon parterre.
Et toujours, comme artiste et comme citoyen,
Je siffle quand c'est mal, j'applaudis quand c'est bien.

Athlète, quand le sang qui te bat dans l'artère
T'étouffe; quand on voit ta langue de vipère
Darder, briser, suspendre et lancer tortueux
Un vers qui se redresse encor plus vigoureux,
Lemaître, as-tu compris ta terrible puissance?
As-tu senti couler ta secrète influence
Comme une effusion de ta force, et saisir
Le parterre mouvant étonné de frémir?
L'éclat de tes éclairs se balance et se roule
En longs tressaillements prolongés sur la foule.
J'ai recueilli moi-même, artiste inglorieux,
De la fureur d'Oreste un souvenir pieux :

Mais on reconnaissait l'enveloppe hardie
Dont l'avait revêtu ton mâle et vif génie :
Ce n'était plus Oreste, et, moins impétueux,
Oreste à ce théâtre eut été malheureux.
Tu l'as saisi, Lemaître, avec tant de souplesse,
Que ta verve, alliée à la délicatesse,
Le relevant plus libre, abondant, spontané,
Ton allure charma le parterre entraîné.
Que ton art est savant! Que ta ruse soudaine
Dans les obscurs replis de notre âme incertaine
Frappe à coups sûrs! Oreste avait fui plein d'effroi;
On ne l'écoutait plus, Lemaître, mais bien toi.

Marche! Ensevelissant leur gloire dans ta gloire,
De nos grands maîtres morts illustrant la mémoire,
Rajeunis leurs chefs d'œuvre, et porte jusqu'aux cieux
Des tragiques grandeurs l'ensemble harmonieux.
A Racine touchant joins Corneille héroïque;
De Cinna qui t'es cher le rôle est magnifique :
Prends Cinna... fait pâlir devant un beau succès
Les privilégiés du Théâtre Français.

Comédien savant, comme dans Lavallière,
Assouplis ton génie aux rôles de Molière;
Prends Tartufe! Sais-tu que ce rude ouvrier
A sculpté dans cette œuvre un monde tout entier?
Tartufe! oui, prends Tartufe! A ton masque peut-être
Les tartufes du jour pourront se reconnaître.
On étouffe de rire au Barbier d'Aragon :
Prends l'habile Scapin, ressuscite Harpagon.
Aux dernières lueurs des traditions saintes,
Marche! tu trouveras de divines empreintes.
Le temps est propice. Oui, se fertiliseront
Sous ton regard de feu, sous ton souffle fécond,
Tous ces épis que Dieu, de sa main souveraine,
A semé dans les champs de la pensée humaine.

De ces rôles douteux, de ces drames sans nom,
Dont rien ne doit rester, débarrasse-toi donc!
Mais n'abandonne pas quelque scène profonde
Où tu peins tout un siècle, où souvent tout un monde
En toi se reconnaît et semble s'applaudir.
D'un sourire forcé Macaire fait frémir.
Toi, le combat vivant du mal contre le bien,

Quand l'orage s'élève et gronde dans ton sein;
Quand ta voix saccadée, inflexible et nerveuse,
Saisit la foule, évoque une ardeur ténébreuse,
Un rien, un geste, un mot, quelque silence affreux
Donne à ton rôle ignoble un air majestueux.

Ta voix, Lemaître, alors perd tout accent céleste ;
Ton verbe en frissonnant a le froid de l'airain ;
Ton regard criminel fait trembler ; sous ton geste
On sent l'être déchu : Tu n'as plus rien d'humain !
Le drame en toi palpite ; on dirait les ténèbres
Où ton âme se tord comme un serpent broyé ;
Sous tes efforts puissants, élancements funèbres,
Ta langue siffle un cri de Satan foudroyé.

Mais ton âme est fermée à ces âmes moins sombres,
Dont la mélancolie aime, sous un jour pur,
A voir s'épanouir leur tristesse en l'azur :
Rêves de cœurs aimants flottants comme des ombres.
Leur type est Roméo. Vois, leur anxiété
Souffre, se plaint, gémit, tressaille et cherche encore

Un soupir échappé de ta lèvre sonore,

Un murmure d'amour, un cri moins contristé.

Ce qu'il te manque à toi pour compléter ton être,

C'est d'avoir répandu dans tes créations

Ces désirs inconnus, ces aspirations,

Ces intimes langueurs dont l'amour nous pénètre,

Ces faiblesses du cœur, pardon ou repentir,

Ces doux gémissements tombés d'une grande âme,

Lutte où le cœur se fond dans les pleurs d'une femme,

Dont la foule se plait toujours à retentir.

A ce nouvel essor livrant un jour les aîles,

Tu mis Ruy-Blas au rang des œuvres éternelles,

Et, quoique faible encor, c'est le premier rayon

De ce jour qui t'ouvrit un nouvel horizon.

Ton chef-d'œuvre est Trente ans. Dans Georges tu déploies

Un ensemble inouï de douleurs et de joies ;

Ce malheureux toujours opiniâtre, ardent,

Quoiqu'il aspire au mal, a des lueurs pourtant.

Mais lorsque, dans cet homme aux formes si diverses,

Dans les sombres éclats de ses grandeurs perverses,

Quelques pleurs, quelques mots plaintifs font pressentir

11

Quelque chose de bien comme le repentir
Ou comme une vengeance inspirée et céleste,
Tout à coup il est roide et son éclat ne reste
Que comme un vain rayon de la foudre qui luit
En nous enveloppant d'une plus sombre nuit;
Son regard s'assombrit; sa chute n'est plus belle ;
Le mal semble l'étreindre au gozier, le rebelle;
La scène reste vide, et, dans ce dénouement,
Plus rien n'est solennel que ton ricanement.

Enfin! descends en toi ; sonde dans son abîme
Ton âme que l'on dit infernale et sublime ;
Trouve en tes passions, comme un grand reprouvé
L'effet que pour ses vers tout poëte a rêvé :
L'impitoyable orgueil, l'ardente jalousie,
Mouvements convulsifs de toute frénésie,
De la misère humaine effroyable tableau,
Sont encore dans l'Art une face du Beau;
Et si le siècle meurt sans avoir son poète
Toi seul auras été son plus grand interprête.

LA NUIT D'UN PRISONNIER.

Comme la nuit est calme, et la nature est belle !
Comme le ciel est pur ! Comme l'air étincelle !
— Comme le prisonnier pleure en pensant à toi. —
Tout est chaud et vivant d'une vie immortelle !
— Si le vent te pouvait porter mon souffle frêle..... —
Mais, va ! tout se colore et resplendit en moi.

Je voudrais te parler une langue inconnue.
Sur l'aîle des Péris qui traversent la nue
          Mon âme a quitté sa prison.
Si tu pouvais savoir comme, — ma bien-aimée, —
Dans cette âme incaptive et d'amour parfumée,
Comme, seul avec toi, je n'ai plus d'horizon !

                    *

          Ô silence des nuits sereines,
          Divins recueillements des soirs,
          Chastes rêves, splendeurs humaines,
          Illusions, vagues espoirs,

Je vous contemple et vous épèle !
La nature à l'âme se mêle
Pour s'épancher dans l'infini.
Et quand je laisse ma paupière
Retomber, comme une lumière
Brille en moi : c'est ton nom béni !

Bruit d'ailes qui m'emporte aux voûtes étoilées
Pour chanter, au delà des sphères constellées,
Ce nom que j'ai cueilli dans un baiser d'amour ;
Avec quel luth céleste, en quelle mélodie,
Quel suave murmure, ou quel vent d'Éolie,
Bercerai-je mon âme auprès de son séjour ?

Ma pensée à travers l'infini se prolonge.
J'habite avec les cieux, et ma vie est un songe.
J'échappe à la tourmente où tu viens m'arracher,
Nom béni ! Dans l'éther si pur où tu m'enlèves,
Tu fais qu'à mes barreaux on ne peut attacher
Le long fil d'or de mes beaux rêves !

*

Ce n'est pas un sommeil, ce n'est pas un réveil.

Auprès de toi je reste étranger à la terre;
Je vis avec ton nom, chaste et touchant mystère,
Comme un ciron s'anime aux rayons du soleil.
De ton nom dans l'azur je répands les syllabes;
Ton nom, c'est ma couronne au sein des myriades
D'astres, à qui j'épèle, en hymnes de saphir,
Ses neuf lettres sans fin, comme un concert immense!
Doux comme un souvenir, frais comme une espérance,
Est-il rien de plus beau, puisqu'il me fait mourir?

Laisse-moi l'épeler sans cesse,
Mon supplice sera plus doux.
Il m'est une noble tristesse
Dont les geôliers seront jaloux.
Il me donne de ces sourires
Comme les fleurs que tu respires
Il me fait frémir de bonheur.
De la fenêtre où tu te poses,
Quand tu te penches sur des roses,
Je lis ton nom dans chaque fleur.

Sous tes beaux grands cils noirs, quand ton regard s'allonge,

Où va-t-il? Dans le vague où ta jeune âme plonge,
Sens-tu qu'une ineffable et sainte volupté
Te ravit? Un amour aux formes triviales
T'est réservé?... Viens! viens! Les routes idéales
Se fleurissent toujours d'éternelle beauté.

*

Ah! si j'étais aimé de toi comme je t'aime!
Si de la femme en toi les plus nobles instincts
S'éveillaient! Si ton cœur, se commandant lui-même,
Ne cherchait dans l'amour que ses charmes divins,
Quelle joie! Ah! t'aimer et pouvoir te le dire;
Disputer la fortune et rêver la grandeur;
Si tu savais... — Du moins pardonne à mon délire, —
On est maître du monde avec l'amour au cœur.

Vois! les cieux à mon âme ouvrent leurs vastes plaines,
Lorsque je pense à toi, malgré ma pauvreté.
Vois! les conflits humains ont de sublimes scènes
Où le monde est en jeu : Dans ces luttes humaines,
Au seul frémissement de mes lèvres, les haines
Se relèvent, et font pleurer la Liberté.

Vois, je suis prisonnier, et rien ne me pénètre ;
Non, rien ne me saisit,... trouble délicieux,...
Que ton regard céleste où se fond tout mon être,
Mystérieux lien de la terre et des cieux.

Et je n'étais plus rien avant de te connaître !

Mais de quelles langueurs, de quels enivrements,
Et d'extase, et d'attraits, et de ravissements,
Ton bel œil qui me charme et me fond et m'attire,
N'illumine-t-il pas mon douloureux martyre ?
Sais-tu, — ma bien-aimée, au fond de ton œil noir,
Ce que je rayonnai de grandeur et d'espoir ?
Tout ce qu'a pu rêver mon âme ambitieuse ?
Ce qui put exalter ma tête audacieuse ?
Ce que de songes d'or, dans mon sein endormi,
Fit naître près de toi le destin ennemi ?

*

C'est à toi que je dois le réveil de mon âme,
C'est toi qui, dans mon cœur, alluma cette flamme.
Honteux d'être si pauvre, honteux d'être si fort,

J'ai voulu secouer, par un suprême effort,
Cette fortune adverse. Armé de ma satire,
Vingt lignes de pamplet ont fait trembler l'Empire.
Me voilà relevé... — J'étais trop dédaigné.

La chûte est apparente où je suis enchaîné!
J'ai gardé sur ma lèvre une source infinie,
Un flot de diamant, c'est la fine ironie :
Plus qu'avec la parole, aux discours éclatants;
Plus qu'avec le tumulte et ses effets tonnants;
Sur la glace fragile où l'État délibère,
En promenant sa pointe on fait féler le verre.

Ah! tout ce que j'ai fait, c'était pour conquérir
Un peu de ce bonheur sans quoi je dois périr!
Ah! pourquoi tant d'audace inutile et trompée!
Pourquoi tant de vaillance à mépriser l'Épée!

J'adore l'Éloquence et la gloire des Arts.
La Patrie, à mes yeux, n'a besoin d'étendards
Que pour rendre éclatante, à la foule obsédée,
Quelque vertu civique ou quelque grande idée.

Les Muses m'ont appris leurs plus douces chansons.
De Minerve j'ai su dérober les leçons.
L'Ironie est la fleur de mon intelligence,
Et l'abeille d'Hymète a nourri mon enfance.

*

Oui, la Grèce est ma mère et suis fils d'Apollon.
Je vis Orphée un jour et j'ai connu Platon.
J'aime à livrer ma barque aux vagues du Pirée :
Plus suave en est l'air sous la voûte azurée ;
Pythagore m'y berce en un rêve infini !

Mais voilà que je trouve en Eschyle un banni !
De la philosophie, au jardin d'Académe,
Je cherche en vain la trace au nom des Dieux eux-même
Le vieil Anacréon lui-même est attristé !
Je ne reconnais plus ce beau ciel enchanté.
Tempé dans sa vallée a tari ses cascades.
Un souffle harmonieux ne vient plus des Cyclades.
Qu'est-ce donc que la Grèce a fait aux immortels ?
Ah ! Demosthène pleure, embrassant les autels !
Le citoyen se tait et le pâtre soupire.

12

L'ombre d'Homère en deuil vient de briser sa lyre.
Sur le luth de Pindare il n'est plus un accord.
Le corps de Sapho même, en approchant du bord,
Craignant d'être couvert d'une terre outragée,
Pour linceul éternel garde la mer Égée!
Non, la Grèce n'est plus la Grèce! Elle n'a plus
Poètes ni héros. — Les vainqueurs sont venus.
Le Corse envahit tout. — Plus de places publiques,
De Jardin d'Académe et de Jeux Olympiques!
Pindare, Eschyle, Homère, Anacréon, Sapho,
Platon le doux rêveur, Démosthène si beau,
Le divin Pythagore, — ont fui tous la Patrie!

Fuyons aussi, fuyons cette terre flétrie.
Et comme un pèlerin de la terre et des cieux,
J'emporte dans mon cœur son Olympe et ses Dieux!

★

Vois-tu, ma bien-aimée, où cet amour m'emporte?
Pourquoi ce fol amour que tu dédaigneras?
Pauvre, abandonné, triste, aux maux de toute sorte
Je livrerais tes jours...? — Je ne le voudrais pas.

Reste dans l'ignorance où la femme s'oublie,
Médiocrité d'or où tout cœur noble plie.
Que jamais les soucis ne viennent traverser
L'existence banale où l'on veut que tu tombes !
Va ! laisse-moi mourrir ; mais, entre nos deux tombes,
Mon amour idéal ici met un baiser.

Oh ! de ce long baiser mon âme est inondée !
De quelle volupté je me sens consumé.
Toute mon existence en sera possédée.
— Il ne reste aux geôliers qu'un corps inanimé.

Tiens ! je me suspens... vois ! nature gracieuse,
A tes yeux adorés, à leur regard de feu :
C'est le rayon charmant, la route lumineuse
        Où mon âme remonte à Dieu !

O l'ineffable extase ! ô la joie indicible !
Rayon où tant d'amour s'épanche, où tant d'amour
Se fond, où tant d'amour berce un monde invisible,
        N es-tu pas le rayon du jour ?

Non! non! La nuit encor garde ses chastes voiles.
Laisse-moi t'écouter, c'est un autre bonheur.
J'irai, m'enveloppant du manteau des étoiles,
Leur demander, après, d'emporter ma douleur.

N'est-ce pas, — que j'entends, sur ton clavier sonore,
Le souvenir d'un son, le rêve d'un accord?
Répète-le, dis-moi, que je t'écoute encor.
Mon calme est inquiet, l'idéal me dévore.

Oh! comme mon cœur monte et se berce au roulis
Des modulations de ta valse infinie!
Et lorsque de tes doigts tombe la poésie,
Ton cœur s'entr'ouvre-t-il? Sens-tu ce que tu dis?

Où sont les horizons, les étoiles, les sphères?
Où donc est l'infini? Nous le portons en nous.
De toutes ces splendeurs, de toutes ces lumières,
En toi n'en sens-tu pas un reflet des plus doux?

*

De ma grandeur divine ai-je gardé l'empreinte, —

C'est pour toi! De la Brute ai-je brisé l'étreinte, —
C'est pour toi! Mais, hélas! jeune fille aux cils noirs,
Le pauvre prisonnier sur sa couche glacée,
Du voyage infini ramenant sa pensée,
Avec l'aube qui vient voit s'enfuir ses espoirs.

Pour moi tout est perdu, tout! ô ma bien aimée!
Et si je m'agenouille au seuil de l'avenir,
Comme au pied d'un tombeau dont la porte est fermée,
C'est qu'en me retournant, quand l'oubli va venir,
Quand ma jeunesse passe, hélas! inanimée,
Quand mes beaux rêves d'or et d'azur vont finir,
        Mon cœur garde, — ô ma bien aimée, —
Une fleur immortelle, et c'est ton souvenir.

Oui, ton souvenir seul, dans sa fleur immortelle,
Me ravit à mes fers en un vol infini.
Je vois le ciel plus beau, la nature plus belle,
Le printemps plus soyeux qui dans l'air étincelle....
— Que mon cœur est immense avec ton nom béni.

Demain, — demain, peut-être, — à l'heure où tout s'éveille,

Où le geôlier rira de mon front abattu ;
Où le fil de la vierge, à l'aurore vermeille,
S'embarrasse du vol de quelque jeune abeille,
On me dira : Va-t'en ! — « Mais où donc iras-tu ? »

Vers les confins du monde, au delà d'Atlantique,
Où mon regard s'abaisse, où, pour s'anéantir,
Mon existence entière inutile et maudite,
Voudrait, — pour l'oublier, — pour toujours s'endormir !
A qui n'a plus d'amours qu'importe la patrie !
Que me fait le soleil et que me fait la vie ?
Sans toi, si je dois vivre, — il me vaut mieux mourir.

ENVOI.

A MADAME L. A.

Je vous avait bien dit qu'on ne m'y verrait pas.
Adieu, vos yeux charmants ! adieu, vos voix si douces !
Adieu, vos pieds légers courant sur les pelouses !

Adieu, les bois touffus et les mines jalouses!
— Les caprices du sort ont enchaîné mes pas.

Votre amie a mon cœur. — Vous pouvez le lui dire;
Vous ne me verrez plus! — Qui donc pourra l'aimer
De cet immense amour dont mon cœur se déchire?
Oh! quelle volupté mon cœur encor respire
Quand son doux souvenir ici vient me charmer.

Dites-lui que jamais on ne fit un poème
Plus chaste que le mien; — que je n'ai point d'espoir; —
Mais que mon seul amour me suffit à moi-même; —
Répétez-lui, Madame, hélas! combien je l'aime!
Et puis, ne craignez rien, je n'irai plus vous voir.

Ma pensée, au vol pur, a traversé l'espace;
Je cherche la demeure où vous habitez tous;
Je m'assieds près de vous, je vous vois, je vous jase,
Je pleure, et fuis avec la liberté qui passe,
Et je m'en vais aux cieux cueillir des fleurs pour vous.

Tout dans mon existence avec vous me ramène.

Les geôliers, étonnés de mon calme apparent,
Se demandent pourquoi j'endors ainsi ma haine!
Vous, mon Ange gardien, — Elle, mon inhumaine,
Votre image me berce et mon cœur est content.

Vous méprisez l'amour aux façons triviales.
Une douce parole est ce qui vous charmait.
Votre vie a gardé ses formes idéales...
— Si jamais votre amie a des amours banales,
Vous pourrez lui redire : Ah! celui-là t'aimait!

J'ai vu la mort de près. Attachée à sa proie
La police inquiète est là près du chevet.
Mes yeux se sont fermés... Mon corps tout entier ploie...
— Je rêve au frolement de vos robes de soie,
Et le mal se dissipe! Et tout mon cœur renaît!

Je ne sais plus quel jour j'existe, ni quelle heure
M'emporte. Eh! que me font les heures et les jours!
Le temps n'est pas, pour moi, son aile en vain m'effleure
Pour me dire : « La vie est un songe. » — Je pleure,
Car, enfin, j'ai rêvé d'immortelles amours.

Ah! le joli poème ! Il me prend fantaisie
De vous dire son nom : — La nuit du prisonnier.
Mes doigts jamais n'ont tant versé de poésie.
Je vais vous en chanter une note choisie.
Écoutez ! de mon cœur ce chant est le dernier :

. . . .

Oui, c'est tout un poème. Oh! laissez-moi vous dire
Comme mon cœur s'attache à ses beaux grands cils noirs.
J'ai pleuré, vous savez. Mais quand mon cœur soupire
Ma douleur est muette et je cherche à sourire.
Moi-même de ma main j'ai brisé mes espoirs.

*

Ainsi ne craignez pas, — vous le voyez, Madame, —
Qu'on vous reproche un jour cette indiscrétion.
Peut-on mettre son cœur sous les pieds d'une femme,
Mieux et plus saintement, à fouler ? Sa jeune âme
Ne peut que dédaigner ma folle ambition.

Qu'un autre plus gaîment la charme, ait son estime.
La vie a deux côtés, prosaïque et sublime :

13

Quand notre esprit est grave, il aime les hauteurs ;
Dans son vol infini parcourant chaque cime,
On revient au foyer les mains pleines de fleurs.

Vous voyez cet air triste au fond de ses prunelles?
C'est lui qui m'a rendu triste et mélodieux.
Sa tristesse emporta mon âme sur ses ailes,
Pour lui chanter ainsi des chansons immortelles,
Pour lui parler d'amour comme on en parle aux cieux.

C'est que l'amour, Madame, est une sainte chose.
Dans la mélancolie on est plus gracieux.
C'est que toute tristesse est divine en sa cause.
        La gaîté c'est la prose ;
L'âme pure, élevée, a des airs sérieux.

O vous, ma pure amie, et la seule en ce monde,
A qui j'aie, un seul jour, confié mon secret ;
Vous, mon ange gardien, dans ma douleur profonde,
N'aurez-vous pas pitié de ma vie inféconde?
Ah! recueillez mon cœur. — Pour l'exil je suis prêt :

« *Sur les confins du monde, au delà d'Atlantique,*

« *Où mon regard s'abaisse, où, pour s'anéantir,*

« *Mon existence entière, inutile et maudite,*

« *Voudrait, — pour l'oublier, — pour toujours s'endormir!*

« *A qui n'a plus d'amours qu'importe la patrie!*

« *Que me fait le soleil et que me fait la vie!*

« *Sans elle s'il faut vivre, — il me vaut mieux mourir!*

*

Combien il en faut peu que cela ne s'arrange.

On n'en est jamais si bas qu'on ne puisse écouter

Cette secrète voix que nous donne un bon ange,

En vous montrant, là haut, notre étoile qui change.

— D'un secours inouï je ne veux pas douter.

Peut-être envira-t-on alors la poésie

Que je me suis donnée; où mon cœur tout entier

S'est fondu, dépouillé des besoins de la vie,

O volupté de l'âme, harmonie! harmonie!

Éternelle chanson des nuits du prisonnier!

O nuits, dans votre cours j'égrène les étoiles;

J'aspire vos rayons de mes lèvres de feu.

Je puis, l'enveloppant de leurs plus chastes voiles,
O mon âme, montrer les amours que tu voiles,
Et d'un vol infini remonter jusqu'à Dieu!

Madame, c'est beaucoup : car ma vie est sauvée!
L'âme a guéri le corps. — Il faut y regarder :
Ne soyons point ingrat. — Celle que j'ai rêvée
Pour d'autres que pour moi s'est-elle réservée?...
Eh bien! vous, je vous offre un trésor à garder.

Voulez-vous? C'est ce cœur qui se plaint et murmure.
Vous, mon ange gardien, en aurez-vous pitié?
De sa chanson d'amour éternelle et si pure
Voulez-vous le guérir, — caressez sa blessure!
Ses pleurs enchanteront votre illustre amitié.

Pardonnez-moi, Madame, et Jules me pardonne
Ma folie! à mon âge! — Elle n'a pas vingt ans!
Mais enfin, que le ciel lui fasse une couronne
De beaux jours et de joie et qu'au moins elle donne
Pour moi de doux baisers à vos deux beaux enfants.

                                        Juin 1855.

Ah ! J'ai rêvé d'amour : La vie est revenue !
Hippocrate est parti ! La santé m'est rendue !

Fougue ! Amoureuse ambition !
Folle ardeur des sens qui m'enflamme
Je sens bouillonner dans mon âme
Ton tumulte, ô ma passion.
Quelle est cette vigueur intime ?
Mon sein frémit ; mon œil s'anime ;
Ma chaude haleine a des accens
Qui brisent ma tête insensée !
Comme mon sang bout ! ma pensée
Demande des vœux triomphans.

Vous troublez tout mon être, avec votre puissance,
Désirs impétueux ! Terrible impatience !

Combats de l'âme avec le corps !
Je ressens des langueurs nouvelles.

Mes cheveux ont des étincelles !

Nature, où sont tes doux transports ?

Mon luth résonne plus sonore.

Mon âme avide te dévore.

Quel air est venu m'embraser ?

Comme ma lèvre est enflammée !

Si ta bouche, ô ma bien aimée,

Pouvait m'envoyer un baiser… !

Cette ardeur est, hélas ! plus forte que moi-même.

O soupirs ! ô douleurs ! j'y succombe… je t'aime !

A M. DE LESSEPS.

O Terre maternelle, ô mamelles fécondes.

Qui de vie à longs traits nourrirent tous les mondes,

Vierge après six mille ans, belle d'antiquité,

Mère, en tes vastes flancs le serpent est porté.

L'Angleterre jalouse en tes entrailles fortes

Veut glisser le venin de ses puissances mortes ;

Le pied sur ton beau sein comprimant ton essor
Elle déchirerait ton beau vêtement d'or,...
Elle voudrait, Egypte, ô notre mère antique,
Sous l'éclat éternel de ta jeune tunique
Rayonner comme toi le front pur et vermeil
Et comme ton Memnon soupirer le soleil.

Tu te relèveras dans l'histoire du monde,
Egypte, et pour trouver un écho qui réponde,
Souviens-toi de tes dieux, souviens-toi des destins
Qui depuis six mille ans t'ont placée aux confins
De l'Europe qui s'arme et penche vers l'Asie.
Ce n'est point vers Stamboul, c'est vers Alexandrie
Qu'ils ont fixé les yeux du monde entier, et puis
Sur la route de l'Inde ils ont placé Memphis.

De la Terre et du Temps fille aînée et sacrée,
Ton Osiris, enfant de Saturne et de Rhée,
Sous son antique emblème et son mythe profond
Cacha l'éternité qui s'y révèle au fond.
Hermès a dirigé l'enfance de la Grèce :
Ce dieu de tes beaux arts brille encor de jeunesse;

Sésostris le premier a pavé de son nom
Le chemin où devait passer Napoléon;
Et Mœris dans son lac bravant les eaux numides;
Et Chéops qui repose au fond des Pyramides;
Danaüs qui fonda le royaume d'Argos;
Amasis que charma le divin Pythagore;
Qui donc n'a pas de toi reçu la vie encore?
Que n'a pas enfanté ton éternel repos?

La mort même pour toi fut encore la vie.
Tu t'épanches, Egypte, ou l'on s'abyme en toi:
La Perse avec Xercès vers l'Europe endormie
Remonte, en un moment te soumet à sa loi,
Et montre ainsi la clé du passage de l'Inde.
D'Alexandre le Grand quand l'Empire se scinde,
Une autre ère fleurit, comme pour préparer
La place où Rome un jour viendra te dévorer.
On vit toujours en toi s'absorber des armées,
Depuis tes Pharaons jusqu'à tes Ptolemées.
Avec toi tout commence, avec toi tout finit:
Enervant la grandeur romaine dans son lit
Cléopatre arrêta César et son épée.

Rome sur ton rivage est morte avec Pompée.

Marc-Antoine asservi donne à tes voluptés

L'éclat de son triomphe et de ses lâchetés.

Avec toi tout finit, avec toi tout commence.

Mahomet sur tes bords étendit sa puissance ;

Et son doigt, te montrant l'avenir, éleva

Sa tombe auprès de l'Inde à laquelle il rêva.

De la Terre et du Tems, toi la fille éternelle,

Osiris n'a-t-il pas caché dans ta mamelle

Un mystère fécond de vie et de beauté.

Le passage de l'Inde est encor convoité.

Le monde est ébranlé, tout l'Occident s'emporte.

En vain de la Crimée on veut forcer la porte.

Souviens-toi de tes dieux, souviens-toi des destins.

Interroge l'Europe et connais ses desseins.

Toi qu'embellit toujours et l'ivoire et l'ébène

Du fond des tems passés lève ton front de reine

Et dis, à l'Occident, qui s'avance à grands pas,

Viens, viens, je suis ta mère et je t'ouvre mes bras.

8 juin.

Ma vie est ainsi faite. Elle a de grands déserts,
Avec des oasis. Sous quelques palmiers verts,
M'abandonnant à Dieu je dresse un soir ma tente.
Mon âme se complait dans un demi-sommeil.
Le songe de la nuit m'illumine au réveil.
Pour mon cœur plein d'amour jamais la nuit n'est lente.

Ondulant dans l'azur dont les cieux sont formés,
Son image toujours luit à mes yeux fermés.
Mes nuits ont ces parfums et cette calme brise
Que l'Arabie heureuse à ses nuits à donnés.
Rien ne distrait mon cœur, mes sens sont enchaînés
Dans ces haltes d'un jour où ma vie est assise.

LE CABANON.

Échappons à la terre ! Elle est pleine de crimes.
L'esclavage du monde a de profonds abymes,

Où l'être est enchaîné dans son âme et son corps.
Je ne sais si je suis des vivants ou des morts.

O Fortune ennemie! ô destin lamentable!
Quels cris entrecoupés, quelle plainte effroyable
Retentit sous mes pieds et réveille en mon cœur
Ce vague sentiment qu'apporte la douleur?
De tels cris sortent-ils de poitrines humaines?
Un pénible frisson a parcouru mes veines.
Longue, forte, lugubre, oh! cette plainte en moi
Produit un sentiment de recul et d'effroi.
Un enfant de vingt ans, une inculte nature,
Que le désœuvrement rendit sans doute impure,
— Son âme étant trop faible à porter la prison, —
De son être imparfait s'échappa sa raison.

O sarcophage humain! Tombes superposées!
Que d'âmes loin de Dieu se sont ainsi brisées
Entre tes murs de fer, de plomb et de granit,
Où les oiseaux du ciel ne font jamais de nid.
O Mazas! comme il faut savoir vivre en soi-même;
Se rappeler les traits de tous ceux que l'on aime,

Les serrer dans ses bras, leur parler dans son cœur,
Et bercer leur image, et rêver leur bonheur !
Tu nous ravis le ciel, tu voiles la lumière,
Mazas ! Ton prêtre en vain appelle à la prière.
Ceux que n'ont point touché le doux regard de Dieu,
Leur malédiction se répand dans ce lieu.
Plus d'espoir ici ! Tout se dérobe à la vue.
A peine du geôlier la figure est connue.
On défend la parole, et l'air est interdit.
Une main égarée, en ce séjour maudit,
Voulant vous arracher l'aveu d'une imposture
Pourrait vous abrutir d'une longue torture.
Tout est silence ici, jusqu'au bruit de vos pas!
Vous n'avez plus de nom. On ne vous connait pas.
Le crime est assuré qu'on le mettrait en doute :
Car vous pouvez mourir avant qu'on vous écoute!

Qui me dira le nom de tous ceux qui sont morts!
Dans les convulsions, pauvre être, où tu te tords,
Si l'esprit est parti, la lampe est-elle éteinte?
Ah! l'on peut distinguer, même à travers sa plainte,
Un reste du rayon dont le ciel le forma.

Écoutez, écoutez : son père qu'il aima,
Son père est le seul nom qu'il sache en sa démence ;
On dirait que ce nom prouve son innocence ;
Il semble que son âme échappant à son corps
Lui demande pardon, ou lui jette un remords !

Puis sa plainte est plus lente et plus entrecoupée ;
Et sa tête retombe.... ô mort anticipée...

L'EXPOSITION UNIVERSELLE.

Que ne puis-je te voir à travers mes barreaux !
Après tes durs combats, après tes longs travaux,
Sillons mystérieux où tu semas les veilles,
Palais de l'Industrie étale tes merveilles !
L'âme du prisonnier, dans l'espace et le tems,
Te salue ! Il te doit des rêves éclatants.
Prodige amoncelé des Arts et des Sciences,
Tes flancs, de l'avenir portent les espérances.
Il te faut des luths d'or et des hymnes sacrés :

Le cortège divin des bardes inspirés
S'éclairant au flambeau d'une lutte féconde
Voit dans tes bras sans doute éclore un nouveau monde.
— Et dans ces murs plaintifs où mon luth s'est brisé,
Si je relève encor mon front cicatrisé,
C'est pour chercher aux cieux si ta gloire, Industrie,
Porte dans ses rayons le nom de ma Patrie !

Industrie ! ô Beaux-Arts ! ô culte ingénieux !
N'êtes-vous pas restés mon rêve harmonieux ?
Vous bercez ma douleur et lui donnez des charmes :
J'ai des chants dans le cœur et des fleurs sous mes larmes ;
Mon horizon s'étend ; mes fers sont oubliés.
Au fond de mon amour soyez glorifiés !
Salut ! Que je voudrais une lyre infinie
Pour immortaliser les œuvres du génie !
France ! France ! Patrie ou je suis enchaîné,
Mon cœur bondit de voir ton travail couronné.
Lequel de tes enfants t'aimant comme je t'aime,
De ce Duel du Travail fera le long poème ?
Qui te peindra superbe et berçant tes enfants
Sur ton sein immortel, dans tes bras triomphants ?

Qui va donc essayer, pour raconter ta gloire,
D'allumer des flambeaux au chemin de l'Histoire ?
Les destins sont changés : ce n'est plus l'Occident
Qui se penche vers l'Inde ; à son tour l'Orient
Vers toi se précipite et remonte les âges,
Le monde entier bondit le long de ses rivages,
Et de ses arts divers t'apporte le tribut.
Aux peuples assemblés qui t'admirent, salut ?
Qu'un sublime concert fait de voix inconnues
De toutes parts s'élève et traverse les nues.
Que le génie humain a de rayonnements !
Le monde, à ton appel, a des frémissements :
Qui donc n'a pas quitté ses vallons et ses plaines,
Qui n'est pas accouru de ses plages lointaines ?
Le sauvage a laissé ses steppes, ses forêts !
De fêtes et de chants, — mon pays, — charme-les :
Montre leur tes jardins, tes palais, tes statues,
Ton luxe, tes bazars, tes camions des rues,
Tes marteaux d'artisans, tes socs de laboureurs,
Tes modes, tes plaisirs, tes misères, tes fleurs ;
Ouvre leur tes trésors ; quel écrin ! Sanctifie
A leurs yeux ton passé : l'âme de la Patrie

Peut, immense clavier, moduler tous les airs,

Arts, Gloire, Poésie, et même les revers.

Ma superbe ! à leurs yeux rajeunis tes trophées !

Ah ! si je le pouvais, mes notes étouffées

Viendraient aussi mêler leur bruit harmonieux

A l'hymne universel de tes enfants pieux.

Des labeurs inconnus racontant les misères.

Je voudrais honorer les bras des prolétaires ;

Du soc et de l'enclume aux coups retentissants

Ma lyre répondrait par de graves accents.

Oui, je parfumerais par des notes divines,

Ces cœurs qui battent fort et ces larges poitrines ;

Des champs de l'Industrie obscurs et saints martyrs,

Je charmerais leur peine : elle fait nos plaisirs.

Du laurier de Minerve à leur tour couronnées,

Je diviniserais leurs têtes basannées

Au soleil du travail. — Les honorant ainsi,

Je leur prendrais les mains et leur dirai aussi :

Frères, laissons un peu ces mains inoccupées !

Qui tient bien des marteaux, tient bien mieux des épées,

Prenons un glaive, allons ! Artisans, laboureurs

Changeons de Palme : Aussi la Victoire a des fleurs.
Il faut aller là bas, nous fermerons des tombes :
Et ramenant la paix sur l'aîle des colombes
Que toute muse attèle au char de ses amours,
Nous redirons alors fiers de ces heureux jours :
« En Commerce, en Beaux-Arts, en Gloire, en Industrie
« La France est immortelle ! honneur à la Patrie ! »
Malgré ces murs maudits où meurent les échos
Le prisonnier répète à travers ses barreaux :
La France est immortelle ! honneur à la Patrie.

LA FLEUR MYSTIQUE.

HYMNE.

O fleur des Nénuphars! Salut, fleur précieuse !
Fleur mystique, symbole où la virginité
    S'enveloppe, mystérieuse,
De ses saintes ardeurs et de sa chasteté;
Fleur du céleste amour que toujours l'Inde adore,
Virginale beauté que rien ne peut ternir,

Étoile du matin, pure Lumière, Aurore

    D'un jour qui ne doit plus finir,

Je t'invoque en mes nuits ! Ma lèvre qui t'aspire

Comme le pur encens qui calme mes amours,

    Garde ce suave sourire

Où s'étend l'infini profond comme les jours !

Ineffable parfum qui s'épand dans l'espace,

Dans tes voiles d'azur mon cœur s'est endormi

Et sur le luth aîlé d'un séraphin qui passe

    Je sens que mon âme a frémi.

O Nénuphars flottants sur les tranquilles ondes,

Qui viennent m'enivrer de pudiques ardeurs,

    Vos corolles pales et blondes,

Dans le sommeil des sens endorment mes douleurs.

Vous me donnez ainsi cette indicible joie

Où pour tout horizon nous n'avons que les cieux ;

Et ce bonheur tranquille où l'âme se déploie

    Est un repos mélodieux.

Fleur, trésor que le Gange a jeté sur ses rives

Pour les désaltérer sous leurs brûlants climats,
Les natures chaudes et vives
Peuvent seules goûter tes parfums délicats.
L'occident te révère aussi dans un cantique;
Toute tête s'incline au nom qu'il t'a donné :
De la mère du Christ c'est la rose mystique
Dont son front vierge est couronné.

Symbole chaste et pur que toute lèvre épèle,
Tu fais les cœurs joyeux, tu rends les fronts sereins;
Tu portes, aux douleurs fidèle,
L'espoir aux prisonniers, la brise aux pèlerins!
Prière, hymne sans fin des enfants et des femmes;
Nectar où j'ai puisé l'oubli des mauvais jours;
Vase où l'on boit la vie; étoile où vont les âmes,
Berce-moi de chastes amours.

AU RÉVÉREND PÈRE LACORDAIRE.

Père! Je suis ainsi tel que vous les rêvez
Parmi les plus souffrants et les plus éprouvés.

Je recommence encore une croix douloureuse.
Je reprends du cachot la route lumineuse.
Mais du moins cette fois c'est pour avoir porté
Le deuil de la patrie et de la liberté!

Père! Dieu qui donna l'ironie à ma bouche
M'a permis de frapper de mort ce que je touche.
Mon souffle a des ardeurs; il dessèche et flétrit.
Mon verbe froidement comme un glaive détruit.
Qui me pousse? Est-ce un bon, est-ce un mauvais génie?
L'antique Némésis avait cette ironie!
Je marche dans ma nuit guidé par un éclair.
Mon pied sonde toujours un abyme entr'ouvert.
Mon âme est opprimée et j'ignore la joie.
Une tristesse immense à mes yeux se déploie.
Je souffre; je me sens comme un abandonné.
Alors, par ce talent que le ciel m'a donné,
Les plus grands, les plus hauts, les plus forts, — les habiles
— Comme des épis murs tombant sous les faucilles, —
Ma main les atteint tous, et mon cœur outragé
Ne reporte qu'à Dieu le trait qui m'a vengé.
Faut-il que je remette au fourreau cette épée?

Faut-il que dans ma tombe, hélas, anticipée,
De cette fleur d'esprit, de ce pur diamant,
Mon front humilié garde le châtiment?
Cette coupe d'angoisse, ô Père, où je m'abreuve,
N'est-elle pas plutôt une dernière épreuve?
Dieu, qui sonde les reins et qui connaît mes flancs,
Sait quelle volupté brille à travers mes larmes!
Merci, mon Dieu, merci! L'ironie a des armes
Dont l'éclat sous mes doigts fait pâlir les tyrans.

Le Dieu du Golgotha qui meurt et qui pardonne,
N'a-t-il jamais montré sa tête qui rayonne
Aux pervers aveuglés tombant morts à ses piés?
Dieu vengeur, de son Verbe il les a foudroyés?
Dites? Le Christ aimant dont la vie est sacrée,
Dont la clémence en vain n'est jamais implorée,
Lui qui hait les méchants et qui chérit les bons,
Ne me devra-t-il pas admettre en ses pardons?
Dites? Le dieu d'amour, s'il revenait sur terre,
Ne renouerait-il pas les bouts de sa lanière
Pour en frapper encor les Pharisiens maudits?

Père, vous qui voyez les saints du paradis,

Vous m'êtes apparu dans mes heures funestes.

Un jour, environné de ses formes célestes,

Votre Verbe éloquent, grave et majestueux,

M'a fait quitter du mal le sentier tortueux.

Les détours de mon cœur n'ont point d'autre mystère.

Mon sarcasme n'est pas une haine vulgaire :

C'est une arme de lutte ; il s'y révèle, au fond,

De mon amour du bien le sentiment profond ;

L'amertume, le fiel, le dédaigneux sourire,

Empruntés à l'Esprit du mal, glacent le rire

Même au bord de sa lèvre, et troublent ses dédains :

Il me sent échappé de ses funèbres liens ;

Car dans la boue infâme où j'ai traîné mon aile

Mon âme, en s'indignant, est restée immortelle !

Père, vous souvient-il ? Un jour je fus jaloux

De vous voir apporter les parfums les plus doux

De votre voix céleste à quelqu'âme hypocrite.

Dans ma fosse, à genoux, votre éloquence écrite

Me tenait lieu de vous ; votre voix me parlait ;

J'entendais chaque jour et le miel et le lait

Dans mon âme tomber de vos lèvres bénies.
Je passais, radieux, mes longues insomnies.
En vain, pour m'insulter, l'esprit de trahison
Faisait sonner son or au sein de ma prison.
Mon âme avait rompu tout pacte avec l'impie :
Mais on sut près de vous glisser la calomnie,
Et l'un des plus charmants et des plus triomphants
De ceux que votre amour appelle ses enfants,
Ne me visita plus. La prière et l'étude,
O mon Père, ont toujours rempli ma solitude.
Mon cœur en s'épurant a versé bien des pleurs.
Mes pieds sont déchirés ; mais je trouve des fleurs
Sur la route où vos mains ont semé la parole
Qui sourit à mes maux, m'élève, me console.
Jusques dans mes amours, plus chastes et plus doux,
Comme une vision me vient parler de vous.
Vous me fortifiez jusques dans cette tombe ;
Et sur la dalle humide où ma tête retombe,
Où pour serrer ma main nul ne peut plus venir,
— O mon Père, — toujours c'est votre souvenir
Qui se penche, emportant mes dernières pensées
Dans le soupir d'adieu de mes lèvres glacées !

LA PHRYGIE.

A M. DUPIN.

J'ai vécu cette nuit dans la mineure Asie
Entre la Propontide et la verte Mysie.
J'ai revu cette terre avec tous ses héros.
J'aborde l'Hellespont. En face d'Abydos
Héro pâle et tremblante attend toujours Léandre.
Mon œil en pleurs s'attache aux rives du Scamandre.
Les bords du Simoïs me répètent encor
La colère d'Achille et les adieux d'Hector !
Terre du vieil Anchise, ô terre infortunée
De l'amant de Vénus et du père d'Enée !
Terre qu'aux jours de deuil Minerve abandonna,
Mon âme de tes maux cette nuit résonna.
L'harmorieux écho qui sort de tes ruines
Redit encor les chants d'Homère en tes collines,
Toi qui vit naître Ilus le père de Memnom
L'amoureux de l'aurore, Ilion ! Ilion !
Des malheurs de Priam et des chants de la Grèce
Mon âme est occupée, et se fond de tristesse.

C'est Hélène, Paris, Achille et Ménelas.
Voici le châtiment de dix ans de combats!
C'est ici que fut Troie! A tes traces antiques
Je cherche à suivre encor les récits homériques,
Et ne retrouve plus assis sur des tombeaux
Rien qu'un joueur de flûte appelant ses troupeaux.

O brillants souvenirs! magnifique épopée
Écrite avec la gloire, écrite avec l'épée!
Grèce! Grèce! patrie où je suis exilé,
Cette nuit je parcours ton beau ciel étoilé.
De tes temps fabuleux je retrouve la trace,
Du cap de Sunium aux confins de la Thrace.
Je suis les noms fameux de tes nobles cités.
Ah! je fuis ma prison pour ces lieux enchantés,
Pour cet air libre et pur où mon âme respire.
Je salue en passant les peuples de l'Épire,
La forêt de Dodone aux oracles divins.
Salut, Corinthe, Pise et tes jeux olympiens.

16

Vers le Péloponèse, aux champs de Messénie,
Je reconnais Pylos qui vit naître Nestor.
L'Aulide à mes regards se cache en vain : son bord
Est humide toujours du sang d'Iphigénie.
Lacédémone encor est forte par ses lois.
Sparte presse en ses murs des héros et des rois,
Et de fleurs l'Arcadie est toujours couronnée!
Un laurier immortel fleurit sur Mantinée!
Voici les champs d'Argos où s'enfuit Inachus,
Qu'Argus a fécondés, que rougit Danaüs ;
Epidaure, et Nauplie, et Némée, et Mycène,
Qui rappellent Hercule, Agamemnon, Hélène
La fille de Leda, qui trompa Ménélas.
O sommets du Taygète, ô bords de l'Eurotas,
Répétons, en foulant votre terre chérie,
Tous ces grands souvenirs qu'a chassés ma patrie!

Comme le cœur me bat! Comme on respire mieux
De parcourir ainsi le sol aimé des Dieux.
Voici Leuctres, voici Cheronée et Platée :
Découvrons-nous devant la gloire méritée.
Delphes, que me dira l'oracle d'Apollon ?

Voici Mégare, enfin, Eleusis, Marathon.
Le flot harmonieux pousse encor ma galère,
Et j'aborde, indécis, le Pirée ou Phalère.

Athène ! Athène ! Athène ! oh! laisse-moi baiser
Ton rivage où je viens cette nuit reposer.
O ville de Minerve ! ô cité dont l'histoire
Remplit le monde entier, rappelle à la mémoire
L'amour de la sagesse et de la liberté !
Terre, terre chérie, héroïque cité,
Laisse-moi contempler ton enceinte sacrée !
Si ta rive à Minerve est toujours consacrée
A l'ombre de tes murs je l'invoque à genoux.
Oui, je viens sous ton ciel plus clément et plus doux,
Exalant ma douleur trop longtems endormie,
Secouer ma misère et pleurer ma patrie !

Mes pieds sont fatigués d'arpenter ma prison...
Mais que ma bouche est fière en prononçant ton nom !
Quel suave parfum, oh! quelle chaude haleine
Vient embaumer ainsi la nuit du prisonnier !
Comme mon âme est libre en errant dans ta plaine

O terre consacrée où fleurit l'olivier !

Mon âme s'agrandit en remontant tes âges,

Je trouve autour de moi, levés de toutes parts,

Tes poètes divins, tes orateurs, tes sages !

Tout revit : et tes jeux, et tes lois, et tes arts,

Tes fêtes, tes combats. Je t'aime, ville sainte,

Et mes bras, de leurs fers, gardant toujours l'empreinte

Te montrent que trop prompt à braver les tyrans

Je suis ton fils pieux de l'espace et du tems.

J'appris dans mon enfance, Athène, à murmurer

Ta langue ingénieuse où l'on croit voir errer,

Quand la lèvre s'agite, un bruit charmant d'abeille

Dont le vol cadencé bourdonne à notre oreille.

Mon être se transforme avec tes jours anciens;

Je dus être jadis l'un de tes citoyens.

Je me souviens d'avoir veillé sous tes portiques.

Athène, je suivais, sur tes places publiques,

D'illustres vagabonds, rapsodes éloquents :
La lèvre suspendue à leurs moindres accens,
J'appris à moduler dans ta langue sonore
L'amour de l'infini que rêvait Pythagore.
Je reconnais tous ceux que mon enfance aima,
Dans ces grands citoyens qui peuplent l'Agora.
Là, j'ai vu prononcer, — le cœur gros, l'œil avide, —
L'exil de Thémistocle et celui d'Aristide,
La tribune était fière et j'aimais l'écouter.
Sur un peuple inconstant et facile à dompter,
Une male éloquence, une fine ironie
Se disputaient l'empire à force de génie,
Tes luttes m'ont grandi. J'ai voulu m'imprégner
Des tours ingénieux dont l'on doit enchaîner
La pensée acérée où l'ardeur se déploie :
Le trait part, siffle, vole, autour de vous tournoie;
Il vous blesse ; il vous tord ; et, quand il a frappé,
D'une invisible trame on est enveloppé.

Oh! que pour l'opprimé l'ironie a de charmes !
En voilant la douleur elle sèche les larmes.
Ce n'est rien que pleurer ; ce n'est rien que gémir ;

Le méchant en triomphe, — et l'on doit l'en punir :
Le trait qui part du coin d'une lèvre froissée,
Peut le faire palir dans son âme oppressée.
Or, dans tes murs sacrés, sur tes coteaux bénis,
Je viens, avec Minerve, invoquer Némésis.
Athène, de courroux mon âme est possédée.
Je veux sur ton sol chaud colorer mon idée ;
Voiler l'âpre vigueur de mon langage ardent ;
Vivre, après trois mille ans, frondeur ou doux poète,
De tes grands souvenirs, en brisant sous ma dent
Et le sel de l'attique et le miel de l'hymète.

14 juin.

A MA MÈRE.

Quoi ! ma mère, c'est vous qui m'apportez la joie !
— Pauvre femme, son corps sous le malheur se ploie
Elle vient, en traînant ici, le croirait-on,
Ses soixante-dix ans courbés sur un bâton !
Elle sort à midi de sa pauvre demeure ;

Pour venir me parler il lui faut plus d'une heure.
Ses jambes ont fléchi, l'on dirait deux roseaux ;
Ses bras, ses maigres bras se pendent aux barreaux.
Elle a séché ses pleurs, elle vient me sourire :
« Tiens ! voici le bouquet de ta mère ! Respire ! »
Dit-elle, me montrant un lys, et cette fleur
Apporte jusqu'à moi les parfums de son cœur.

Mère ! De mes malheurs je compte les années !
C'est votre dévouement qui les a couronnées !
Mon âme s'est brisée aux pierres des chemins :
Vous m'avez soulagé de vos pieuses mains.
Pour calmer ma souffrance et laver ma blessure,
Que de fois vous m'avez offert un peu d'eau pure !
Que de fois, votre amour maternel pour flambeau,
Sainte mère, pieds nus et vêtue en lambeau,
Au fond de mon cachot vous êtes descendue,
Me ramenant toujours l'espérance perdue !
Mère ! vieux compagnon de quinze ans de malheurs,
Ne reverrons-nous donc jamais des jours meilleurs.
Que ne puis-je du moins, pour allonger ta vie,
Te rendre de la mienne, hélas, ensevelie !

Je voudrais que mon cœur, je voudrais que mon sang
Pût du moins remonter à sa source, à ton flanc!
Ah! mon être se brise! Il faut que je te laisse
Sans pain et sans abri dans ta triste vieillesse,
Et peut-être, demain, si la mort à grands pas
Veut te mettre au tombeau, — ton fils n'y sera pas.

Ah! quel trésor d'amour c'est le cœur d'une mère!
Voyez, la pauvre femme, au fond de sa misère,
Epargnant quelques sous d'un air mystérieux,
A voulu qu'une fleur vint réjouir mes yeux!
Merci! mère, merci! Votre idée est devine,
Ces doux épanchements que votre âme devine,
Le cœur de votre enfant les gardera toujours :
C'est le réseau sacré de mes pures amours,
C'est Dieu, c'est ma patrie, et c'est ma bien aimée,
C'est vous, ma mère, aussi. Votre main parfumée
Voile mes fers, m'enlève à ces barreaux maudits.
Votre fleur est mystique et vient du Paradis.
Ah! portez ma prière à Dieu qui vous envoie
Refleurir dans mon cœur l'espérance et la joie!

LES CYCLADES.

Je vais, ma bien aimée, apprêter la phalène.

Près de moi viens t'asseoir. — Vous les frères d'Hélène

Des amours de Léda les fils mystérieux,

Vous, que la Grèce invoque et place au rang des Dieux,

D'harmonie et d'espoir enflez toujours mes voiles !

O Castor, ô Pollux, ô propices étoiles

D'un sourire brillant daignez suivre toujours

L'esquif aerien qui porte mes amours !

Que la mer est lascive, et que l'âme attendrie

Laisse au doux bruit des flots bercer sa rêverie !

Quelles chaudes senteurs dans les airs embrasés !

Et comme chaque vague apporte des baisers !

— Déjà fuient loin de nous la Sicile odorante

Et la brune Italie et la mer de Tarente.

C'est l'heure des bergers, c'est l'heure où tout s'endort,

Où les méchants, assis à l'ombre de la mort,

Ne voient pas les bannis se glissant dans les villes

17

Pour donner un baiser furtif à leurs familles.
Enfant! c'est l'heure aussi des chastes visions,
Rêves purs et légers des saintes passions;
L'heure mystérieuse où tout vit en nous-même,
Où la fleur se relève, où l'oiseau dit je t'aime,
Où tout germe s'entr'ouvre, où l'on respire mieux
Dans ce secret baiser de la terre et des cieux.

Amour de l'infini dont mon âme est formée!
Heures de volupté dont ma vie est semée,
Dans cette nuit sereine où j'échappe à mes fers,
Que de ravissements pour ma lèvre enflammée!
Comme la poésie énivre au sein des mers!
L'ombre de ma prison fuit avec le sillage.
L'air de la liberté m'arrive de la plage ;
Ah! la Grèce déjà blanchit à l'horizon.
Noble terre, salut! Côtoyant ton rivage,
Dans un élan d'amour, dans un calme abandon,
Nous allons visiter tes îles parfumées
Comme un bouquet de fleurs dont les mers sont semées.

La fille de Corinthe est déjà loin de nous :

Sous la vague moelleuse et son roulis si doux
Corcyre a fui. — Ce toit que la brume enveloppe
C'est le foyer d'Ulysse où l'attend Pénélope,
C'est Ithaque, patrie où la fidélité
Pour garder sa vertu trompe la volupté,
Et renouant toujours sa trame ingénieuse
Tourne vers l'horizon sa tête soucieuse.
— Vois cette île riante et ses bosquets touffus :
C'est la blonde Cythère ! Elle est chère à Venus.
Là, le ciel a semé des fleurs toujours écloses
De myrtes, d'orangers et de beaux lauriers-roses ;
De grâces, de parfums, les sens sont énivrés.
Ah ! comme la nature a des trésors sacrés
De sereine beauté que notre cœur respire.
Là, le ramier palpite, et le cygne soupire.
Toute lèvre y frémit sous un baiser divin.
Tout est jeune et vivant d'un éternel hymen.
Là, tout aime, tout chante, et la vie est féconde.
Amour, chaste mystère ! amour, âme du monde !
Amour, amour, dis nous comment l'humanité
Puise dans un rayon son immortalité
Et comment nos soupirs, extases infinies,

Transforment l'Idéal, sous nos lèvres unies !

— Vois-tu sur ce rocher, dans le golfe, là-bas,
Une ombre qui s'agite et qui nous tend les bras ?
C'est l'ombre d'Aristide exilé dans Égine !
Il a prêté l'oreille au vent de Salamine ;
Il demande à l'écho qui vient de Marathon
Si la Grèce cédant au nombre sans raison,
Sans combattre est vaincue et sans gloire est tombée !
Éretrée, et Platée, et Thespie, et l'Eubée, —
La Grèce est envahie ! Athène est en danger !
Ses justes sont bannis, et pour la protéger
Leurs redoutables bras devenus inutiles !
Déjà Leonidas succombe aux Thermopyles !
Abandonné des Dieux, Thémistocle est troublé.
Pour le sort de la Grèce Aristide a tremblé !
Sur un navire ailé, la vois-tu, l'ombre auguste
Qui passe ? Saluons Aristide le juste !
Levons-nous ! — O grande âme, ô dessein généreux !
Il porte son courage à de funèbres jeux,
Pour que demain à l'heure où le soleil s'incline
Son pays relevé triomphe à Salamine !

Oh ! quelle heureuse nuit ! Et qu'ils sont purs les airs !
Comme il plaît à nos cœurs ce long soupir des mers !
— Laissons au gré des dieux flotter notre phalène,
Ma bien-aimée ! Aimons ; quand notre voile est pleine
Des parfums de la nuit et des senteurs du jour
Que de vie on respire et qu'on mourrait d'amour !
D'île en île, de côte en côte, la nature
Nous tend une caresse avec un doux murmure ;
L'entends-tu répéter ses chœurs mystérieux ?
Elle aime, chante, prie, et le raconte aux cieux.

Ma bien-aimée, aimons, chantons, prions comme elle !
Unis ton chant de cygne à mon chant d'alcyon.
Pour aimer et prier notre âme est immortelle.
Vers le cap Sunium viens écouter Platon.

Ah ! ne dirait-on pas qu'on entend des abeilles,
Quand sa lèvre remue et redit les merveilles
De l'ineffable nuit qui rayonne à ses yeux ?
Ne vois-tu pas qu'il est dans le secret des cieux ?
Ce spectacle si beau révèle à son génie
Une Lumière pure, une Force infinie
Une Cause inconnue au sein de l'Univers ;

Cet éternel baiser de la terre et des mers,

Ces grandeurs, cette pompe et ces magnificences,

Ces fêtes, ces soupirs, ces hymnes, ces silences,

Où se berce, où s'énivre, où s'épanche, où se fond,

Dans un charme sans fin, dans un concert profond,

La Nature brillante et de fleurs couronnée

Toujours neuve et féconde ; et toujours imprégnée

De vie et de beauté, renouvelant toujours

Ses sourires, ses chants, ses ardeurs, ses amours,

— Saintes effusions d'âmes mystérieuses,

Communications presque silencieuses

Que notre esprit devine, et contemple aux moments

Où la nuit s'est ouverte à nos recueillements, —

Spectacle qui paraît l'œuvre de quelque Fée,

C'est lui que Platon chante avec le luth d'Orphée !

Sur le cap Sunium, vois, il est contristé

Que le Glaive à l'Idée ait pris sa majesté

Et sa voix qui proteste en sa langue éternelle

Redit qu'aux mains d'un Dieu notre âme est immortelle !

Nous voguons en silence, et l'écoutons encor,

Et l'écoutons toujours ; et déjà loin du bord
La Phalène que berce une douce harmonie
Va de la mer Égée à la mer d'Ionie !
Nous laissons en passant et l'Eubée et Chalcis :
Leur prince infortuné sur la rive est assis ;
Rien n'a rendu le calme à son ombre attristée.
Par un injuste arrêt de la Grèce irritée
L'artifice d'un Grec a sali sa maison,
Et par la calomnie et par la trahison,
La vertu, la valeur, la science, tout cède :
L'astucieux Ulysse a tué Palamède !
Ha ! Combien j'en ai vus de la sorte immolés,
Que d'un faux témoignage on avait accablés !
J'ai vu la trahison entasser des victimes ;
J'ai vu de noirs forfaits, j'ai vu de sombres crimes ;
J'ai vu des imposteurs, — dans l'ombre ils sont puissants,
Glisser, pour un peu d'or, au toit des innocents,
Avec leur rire impie, avec leur main abjecte.
D'un crime imaginaire une preuve suspecte !
Ulysses de nos jours, vices dégénérés,
Je les ai vus flétrir des vieillards vénérés !
Sâles, le nez rugueux et la bouche avinée

Je les ai vu cerner la ville profanée,
Traînant les citoyens, poursuivant les bannis.
De tous crimes souillés, déserteurs impunis,
Lâches, je les ai vus poser leurs bras obscènes
Sur l'habit glorieux de nos grands capitaines.

Ah ! fuyons ! — Évitons l'infamie et l'écueil.

Un cruel souvenir sur Naxos laisse un deuil :
Ariane qui pleure une amour profanée,
L'œil fixé sur les flots, et la tête inclinée,
Redemande toujours le héros qui la fuit.
Comme pour la venger, entends-tu dans la nuit
Scyros qui nous envoie un soupir de Thesée ?
Lycomède jaloux, — l'envie est insensée, —
Pour lui ravir sa gloire et son exil amer
L'attire dans un piège, et le jette à la mer !

Fuyons, fuyons encore et gagnons d'autres îles :
Les Cyclades enfin ! Andros, comme tu brilles,
A mes regards charmés, de riantes couleurs !
N'est-ce pas que tes bords sont tapissés de fleurs !

Que tout pétille ici de beauté, de jeunesse !
Voici Délos qui garde un trésor de la Grèce :
La vertu d'Aristide y veillait : C'est assez.
Sur ce rivage heureux quels trésors entassés !
C'est Paros! Phidias y taillait ses merveilles.
De marbre, d'or, de fleurs chatoyantes corbeilles !
Présent des Dieux, joyau des mers, perle, saphir,
Cyclades ! c'est ici que je voudrais mourir !

Mais non. Viens dans Samos éveiller Pythagore.
Non, nous ne mourrons pas. Je veux t'aimer encore
Ma bien aimée! Allons où l'amour nous conduit :
Sous un rayon divin le cœur s'épanouit.
Écoute un long soupir, entends cette harmonie :
C'est le luth de Sapho! L'amour fit son génie,
L'amour fit ses malheurs et son nom glorieux ;
Des rives de Lesbos le flot voluptueux
Reste toujours empreint de tant de poësie
Qu'on semble entendre encor bercer la frénésie
Où Sapho succomba lascive et semble avoir
Purifié son corps avec son désespoir.
De quel air libre et pur cette île fortunée

18

Malgré la tyrannie est restée imprégnée.
Les satires d'Alcée ont trouvé des échos :
Mytilène a chassé le tyran de Lesbos !
'Alcée a triomphé sur son luth qui rayonne !
L'amour de la patrie en toute âme résonne ;
Pour imiter l'éclat dont son vers est empreint
Je veux prendre à sa lyre une corde d'airain.

D'Herodote exilé, les muses, ses compagnes,
Pour écrire l'histoire ont choisi ses campagnes :
C'est Samos ! Sous ce ciel pur, dans cet air ardent,
Le cœur bat vite et fort ! C'est là que nous attend
L'âme de Pythagore éveillé tout à l'heure :
Comme on est inondé de joie et comme on pleure
De sentir qu'on peut vivre avec les demi-dieux !
Pose un chaste baiser sur son front radieux,
Ma bien aimée ! et puise une nouvelle vie
Dans ce baiser divin où l'âme est élargie.

O saintes visions, — qu'apportent dans ces nuits
Ces courants, ces accords, ces lumières, ces bruits,
Ce murmure infini, cette immense prière

Qui nous descend des cieux, qui monte de la terre,
Et dont tout cœur humain garde une note en soi, —
O saintes visions toujours emportez-moi !
Un doux frémissement court le long de mes veines,
La mer a déroulé d'autres bords, d'autres scènes :
Chypre à mes yeux paraît sous un mythe profond.

Chypre ! berceau du monde, ô symbole ! où se fond
La Vénus-Astartée et l'antique Cybèle !
Voilà donc ton rivage où tout se renouvelle
Dans un baiser fécond, reflet chaud et vermeil
D'Aphrodite-Uranie, amante du soleil !
Quelle brise d'Asie à tes eaux d'émeraude
Vient mêler en jouant sa tiède volupté ?
Quels parfums ne sont pas secoués de ta robe
Quand sur tes lits de fleurs s'enivre la beauté ?
N'as-tu pas le safran, l'oranger, le troène,
Animant tes côteaux de leur brûlante haleine ?
Quel mélange divin de myrthe et d'aloès !
Quelle fraîcheur d'encens ! La vanille et la menthe,
Embaument les cheveux de leur poudre odorante ;
Les senteurs du mélèze et celles des cyprès

Versent une poussière au sommeil des bosquets !

Nid d'amour ! où parfois ont traîné leurs sandales

D'impures Lamia, des Phryné, des Bacchis,

Que de chastes beautés sous des teintes plus pâles

Ont voilé leur pudeur à l'ombre de tes nuits !

O Chypre ! laisse-nous aborder sur tes grèves !

Ne brise pas encor le doux fil de mes rêves :

Sous tes charmes puissans laisse-nous reposer.

D'une note d'amour que je puisse apaiser

La déesse, inconnue aux vieillards, qui m'inspire.

Chypre, ces doux ramiers, Chypre, ces doux sourires,

Chypre, ces ceps dorés, ces chants, ces fruits, ces fleurs

C'est ton culte, il est fait de jeunesse et d'ardeurs !

Toi, ma divine enfant ! viens, ô ma bien aimée !

Toi que pour tant d'amour la déesse a formée,

Fais lui don d'une larme où s'allume un désir,

Creuset mystérieux, — où le soupir s'étoile

Qu'il vienne de la terre ou tombe de l'étoile ; —

Sous sa main, que ton cœur vienne s'épanouir !

Parmi les cris d'amour de la beauté qui pleure,

Des pleurs qu'elle recueille et qu'un rayon effleure,

La déesse a formé sa conque de saphir !

— *Ah ! le charme s'envole*

Quel nuage a voilé mes regards? Sur la grève
Où j'allais aborder qui brise ainsi mon rêve?
Ma bien-aimée a fui! Quoi! ma divine enfant!
Ma phalène sans toi n'est plus qu'un nid flottant
Abandonné des Dieux ! Où donc fuis-tu? — Les brises
Ne te porteront pas de ma voix que tu brises,
La plainte entrecoupée et les derniers accens !
Tu me fuis! Si ma bouche a des airs ravissans
Que sa dernière note et son dernier sourire
Soient pour toi ! le ramier abandonné soupire,
La tête sous son aîle, il meurt comme il s'endort !
Le cygne en mourant chante avec des larmes d'or
Quand son nid menacé lutte contre l'abyme
Alcyon aussi pleure une note sublime!

Dans un hymne d'amour pleurons aussi comme eux,
Pleurons! Près d'aborder à ce rivage heureux
Quant tout autour de nous d'une vie immortelle
Palpitait et chantait sa chanson solennelle
Tu me quittes ! tu fuis. — Est-ce un suprême adieu.

Dans mon rêve infini je suis plus près de Dieu:
Où donc es-tu? Viens donc, ô ma douce colombe!
Au vaste lit des mers, tu m'ouvres une tombe,
Toi? . . . .

A MADAME V. S.

Ah! laissez-moi, Madame, effeuiller sous vos pas
    Quelques rimes écloses!
Ces pauvres vers fanés ne ressemblent-ils pas
    A des feuilles de roses?
Tombez, parfums du cœur; coulez, larmes d'amour,
    Qu'on dédaigne.... — Eh qu'importe!
Le rossignol redit ses plaintes chaque jour
    Au vent qui les emporte.

Madame, au bruit des fers berçant mon souvenir,
    Ma plainte recommence.
Pour me prendre, ce soir, si la mort veut venir,
    Je garde l'espérance

Que mon ombre demain pourra, plaintive encor,
    Après l'adieu suprême
S'envolant de ces murs, malgré la froide mort,
    Vous murmurer : — « Je l'aime!... »

SUR LA MONTAGNE.

LA FLEUR BLEUE.

Parmi les fleurs des bois, parmi les fleurs des prés,
Mille petits bouquets ou pourpres ou dorés, —
Sur les cîmes des monts, où naissent les nuées
Et que le laboureur n'a jamais remuées,
— Une, la plus jolie, et d'un velouté bleu,
Est aussi sans parfum étant plus près de Dieu :

Tout prie autour de nous, écoute, violette!
Tout soupire ou murmure, ou donne son encens,
Les grands pins noirs et verts, la fragile clochette,
Le grillon, la mésange et la vive allouette,
Les vieux genevriers, les sainfoins odorants,

Le gai myosotis, la luzerne rosée,
Embaument les gazons où reluit la rosée:
Que de fraîches senteurs s'élèvent vers le ciel!
Quelle sera ta voix dans ce concert immense?
Dans ta robe d'azur quel parfum se balance?
Quelle abeille sur toi vient butiner son miel?

Va! si Dieu t'a ravi ton parfum, violette,
S'il t'a faite trop bleue et ne t'a point donné
Un pur et tendre éclat de parfum couronné
Dont toute fleur ici semble être si coquette:
Un éclat chaste et doux, que rien ne peut ternir,
De ton cœur et du mien monte avec ce qui chante
Et ce qui prie, à l'heure où la nuit va venir,
Plus frais, plus pur que l'or, que la myrrhe et la menthe,
        Ce parfum c'est un souvenir.

                    15 septembre 1856.

La musique est partout. Écoutez! Sous l'ombrage,
Il est une harmonie éternelle d'amour;

Devant chaque rayon qui meurt sur le feuillage,
L'oiseau mêle un soupir aux derniers bruits du jour;
L'onde parmi les prés trouve sa mélodie;
La cigale déroule une note infinie;
Les étoiles en chœur ont des airs ravissans;
C'est un concert immense où roule la nature,
Ineffable cantique, harmonieux murmure,
Où chantent mille voix en sonores accens.

La même hymne partout se répète sublime;
Dans les bois, dans les monts et sur le bord des eaux,
Le silence lui-même a sa part de cette hymne
Et le sommeil frémit dans le nid des oiseaux;
Avez-vous entendu comme la nuit soupire?
Elle aime à se poser où le parfum l'attire
En gouttes de rosée au calice des fleurs.
Venez sur la montagne, où l'aube vient d'éclore
A vos pieds, par degrés, cette immortelle aurore
Sur la plus humble plante essuie un de ses pleurs.

A MEUDON.

O jardins de Meudon, côteaux de Bellevue
Parsemés de villas, égayés de chalets ;
Vigoureuse nature un instant entrevue
Comme le souvenir de mes vieilles forêts.

Dans l'arôme flottant des fleurs de la vallée,
Dans le bruissement des arbres de ces bois,
Vous m'avez rappelé ma jeunesse envolée
Et les sentiers fleuris du bonheur d'autrefois.

Mais surtout, ô Meudon, où mon pied se repose,
Sur ton sol embaumé que dore un beau ciel bleu,
Il est un oasis, comme un bouquet de rose,
Qu'on appelle, entre tous, la Maison du bon Dieu.

Là j'ai vu vivre en soi de son amour de mère,
Mystérieux creuset où son ame se fond,
Une femme qui sème, avec sa vie entière,
Son dévouement sans fin, mystérieux, profond.

Quel calme, quel bonheur, et surtout quel exemple,
Sous ce frais pavillon, dans ce chaste milieu.
Meudon, sur ton côteau, pour celui qui contemple
Ce grand amour de mère : il doit plus croire en Dieu.

Juillet 1863.

A MADAME L. A.

Embarquez-vous sur la foi des étoiles,
Esquifs légers, favorisés des cieux.
Mon chant propice animera vos voiles
Sur le rivage en invoquant les Dieux.
Je vois déjà, — ma pensée a des ailes, —
Les flots joyeux vous charmer dans leur cours
  De vos deux charmantes nacelles,
Livrez la voile au souffle des amours.

Tout vous sourit. Une brise légère
Autour de vous berce ses plus doux sons,
Pour embaumer, gentille passagère,

Votre flottille amante des chansons.

Voguez! voguez! sur ces ondes fidèles,

Où les soupirs trop tôt meurent toujours;

Lancez vos charmantes nacelles;

Livrez leur voile au souffle des amours.

Ma frêle barque est captive au rivage;

Ma voile, hélas! a subi l'aquilon.

Mais chaque vague où tremble un doux sillage

A mon œil triste apporte votre nom.

Des jours si beaux, des nuits encor plus belles,

Puisse l'éclat pour vous briller toujours!

Salut, ô charmantes nacelles!

Livrez la voile au souffle des amours.

A. M. L. B. A. D. R.

EROS.

Quand votre œil suit le flot qui s'enroule et qui vibre

De Venise à la Grèce et de la Grèce à Tyr,

Ne croyez-vous jamais voir Jérusalem libre
Et l'Europe en travail d'un nouvel équilibre
Refaire une patrie à ce peuple martyr?

Quand mollement Eros trace son doux sillage
N'entendez-vous jamais dans le flot murmurant
L'écho de la Judée éveillé sur la plage,
Et ne voyez-vous pas, comme dans un mirage,
Qu'un jour nouveau se lève au sommet du Liban?

1879

A MADAME C. F.

QUI NOUS APPORTAIT DES FRAISES DANS SES JOLIS DOIGTS.

Sous la pourpre odorante où la fraise repose
Elle a teint votre albâtre, ô jolis doigts de rose!

Et pour montrer l'empreinte où vous fûtes posés
Chaque fraise semblait, à mes yeux insensés,
S'avancer doucement, toute émue, et me dire:

« Si tu veux respirer la brise que respire
Son joli doigt rosé; si tu veux comme moi
Poser aussi ta lèvre où s'est posé son doigt...
Tu me prendras : vois-tu, c'est moi qu'elle a touchée ! »
Et la fraise, à l'instant de ma lèvre approchée
Me laissait respirer et goûter, ô bonheur !
Sa saveur embaumée et pleine de fraîcheur.

Sous la pourpre odorante où la fraise repose
Elle a teint votre albâtre, ô jolis doigts de rose !

A MADAME C.

Madame, quand parfois votre Alexandre arrive,
Sait-il que ma pensée est pour lui toujours vive,
Quelle ne connaît pas d'espace ou d'horizon ;
Que son doux souvenir me flatte, me repose,
Et qu'il a bien souvent, comme un parfum de rose,
Ravi mon cœur où j'aime à murmurer son nom.

Quand de mes jours, enfant, la page n'est plus blanche,
Quand, pauvre oiseau, sous moi l'on a brisé la branche,
Quand mon esprit ne sait, hélas, où se porter,
Ce souvenir flatteur me sourit, me relève ;
A travers ma tristesse il est l'ombre d'un rêve
Où mon cœur bien longtemps a voulu s'abriter.

Dites-lui que, toujours, dans la peine et la joie,
— Lutte où mon existence au gré de Dieu tournoie, —
Mon espoir toujours jeune a vers lui des élans,
Et si dans le silence, où ma lèvre l'épèle,
Ma prière a des vœux pour son bonheur, j'y mêle
Un vœu pour vous, Madame, et pour ses deux enfants.

1851

Elle est honnête et pure et n'a que dix-sept ans.
Pauvre fille du peuple, aux soins de son ménage
L'égoïsme d'un père a brisé son printemps.

Mourir est-ce possible avec un si bel âge ?

Comme elle était naïve et chaste dans son cœur

Lorsque ses longs regards tombaient de ses paupières,

Quand son sein frémissait sous ses langueurs premières,

Que sa lèvre entrouverte aspirait au bonheur !

Sous son fichu modeste, oh ! qu'elle était jolie,

Comme une simple fleur ornait bien ses cheveux.

Son tablier tombant de sa taille assouplie

Donnait à sa décence un air voluptueux.

Ce trésor est perdu... ce trésor de jeunesse !

Le travail, pauvre enfant, brisa son corps si beau !

— Il ne faut pas longtemps pour que la mort nous presse,

Et huit jours ont suffi pour la mettre au tombeau.

Mais elle fiança son âme avec mon âme

En tournant son dernier regard vers ma prison

Et le dernier soupir de sa mourante flamme

Fut un baiser d'adieu en murmurant mon nom.

1851

AIGLE, CYGNE ET FAUVETTE.

Fille aimable de l'air, ô fauvette volage,
  J'ai vu ta voix suspendue au buisson ;
    Et pour égayer le bocage,
Sur la neige des fleurs tu cueillais ta chanson.

  Des pleurs de l'aube en jouant arrosée,
  Ton âme, accord d'amour et de gaîté,
    Semble aux perles de la rosée
Répéter le son pur de son timbre argenté.

  J'écoute, aigle, tes cris sublimes,
    Quand, dédaignant l'humble soupir
Qui sur la terre meurt sans atteindre les cîmes ;
Quand, sans les mesurer, franchissant les abîmes,
Tu t'assieds sur les vents où tu sembles dormir.
Et là, ton œil fixant l'éclatante lumière,
Dans les feux du soleil retrempant ta paupière
Dont l'éclair menaçant ne saurait se ternir,

20

Tu lui demandes si tes hymnes
Sur les bords des torrents, concerts où tu t'animes,
Ne sont pas les plus beaux, puisqu'ils nous font frémir.

Lorsque, symbole du génie,
Tu décris dans ton vol une courbe infinie
Et tu viens échanger sur ses amoureux bords
Ton audacieuse harmonie
Pour les doux chants du cygne et ses touchants transports
Et ses ondes de mélodie,
La volupté respire au fond de tes accords.

Cygne, laisse ton hymne au souffle du zéphire,
Au flot qui murmure et soupire
Et caresse les bords de ton calme séjour ;
Au dernier rayon d'or qui dans tes yeux expire,
Pleurant le soir de ce beau jour,
Laisse au parfum du soir que la terre respire
Prolonger ton beau chant d'amour.

LA FEMME.

JEUNE FILLE.

Il est des régions divines
Où le cœur se berce en rêvant;
Sentiers tout semés d'aubépines
Où tout est vague enchantement,
Illusion, prestige, rêve;
Plus on plane, plus on s'élève;
L'horizon recule toujours.
La vie alors est un beau vase
Où l'on s'enivre dans l'extase
De ses éternelles amours.

JEUNE FEMME.

Mais une vision céleste
A touché votre jeune cœur;
L'ange tombe, la femme reste
Pour réaliser le bonheur.
L'amour autour d'elle s'épanche;
L'aubépine devient pervenche;

D'un horizon plus étendu
La grandeur alors se révèle ;
Un nouveau monde vit en elle...
O bonheur ! à deux confondu.

JEUNE MÈRE:

Être divin, toujours la femme
Se souvient d'en haut. — Vous créez
La forme humaine dans votre âme,
Fange que vous purifiez :
Autre illusion, autre rêve,
Dans la souffrance qui s'achève
Gît une extase, un charme encor.
De la jeune fille à la mère,
Vous tenez, céleste mystère,
L'humanité par un fil d'or.

Si la vie a son amertume,
Si l'être souffre ou s'il languit,
Votre souffle chasse l'écume
Des bords du vase où l'amour luit.

Vous avez d'invisibles charmes.
Vos lèvres effacent nos larmes.
L'homme n'est beau qu'aimé par vous.
L'homme n'est fort que s'il vous aime.
Il a vos bras pour diadème.
L'homme n'est grand qu'à vos genoux.

RÊVE D'OR.

Oh! je le sens: mon âme est immortelle!
En moi je porte un rêve aux aîles d'or.
Mon cœur est jeune et garde une étincelle,
Rayon divin d'où naît ce doux transport.

Va! cours, mon hymne! Aux rives éthérées
Emporte-moi. Là les âmes sont sœurs.
Puise la vie à deux lèvres sacrées,
Inonde-toi de célestes splendeurs.
Ah! pour m'asseoir à ce foyer suprême,
Longtemps mon âme a cherché des détours.

J'ai tout tenté — hormis ce mot : je t'aime ! —
Un flot plus pur va bercer mes amours.

Ses longs regards sous mes paupières closes
Charment, la nuit, mon sommeil agité ;
Le souvenir de ses lèvres de roses
Fait exalter mon sein de volupté.

Cygne au col blanc que l'azur illumine ;
Chaude nature où s'allument mes sens ;
Pudique enfant dont la grâce est divine
Ame où mon âme a trouvé des accens !

— J'ai parcouru les humaines misères,
Gloire, travail, ambition, malheurs.
Qu'est-il resté ? L'espoir des jours prospères !
L'amour ! L'amour pour me sécher mes pleurs

Oh ! je le sens : Mon âme est immortelle !
En moi je porte un rêve aux aîles d'or.
Mon cœur est jeune et garde une étincelle,
Rayon divin d'où nait ce doux transport.

1854

SUR UNE MARGE DE LA VIE.

SONNET.

Non, ma vengeance est reine. Elle est belle. Elle est sainte.
Elle a ses cris d'orgueil et ses tressaillements.
Son coup d'œil acéré reste comme une empreinte.
Le méchant qu'elle atteint a des frissonnements.

Les médiocrités iraient toujours sans crainte,
Ramassant les profits de nos événements.
Il faut qu'un coup de fouet leur arrache une plainte.
J'ai toujours aux vainqueurs jeté mes jugements.

Ma prose, en les cinglant, a gardé les allures
De mon cœur libre et fier. Pour laver mes blessures,
J'ai pris des pleurs à ceux qui m'avaient fait pleurer :

Dans le cirque, un vaincu pleure, tombe et salue.
Je me défends avec la vérité qui tue :
Je ne suis point un lâche en sachant me venger.

A MARINETTE.

Elle est mon rêve le plus doux ;
Elle est le songe de ma vie ;
Elle est un souvenir jaloux ;
Elle est le bonheur que j'envie.

« Quoi, toujours Elle ? » direz-vous ;
« L'attente est longue ! » — Je n'oublie !
Quand l'oubli du cœur plane en nous
Le reste n'est plus qu'ironie.

Malgré la tristesse où s'endort
Mon âme amoureuse et plaintive,
Je reste courageux et fort.

C'était digne d'un autre sort.
Mon illusion est naïve.
Je l'aimerai jusqu'à la mort.

TABLE

—

21